山川面目

李琬　著

漓江出版社

图书在版编目（CIP）数据

山川面目 / 李琬著. -- 桂林：漓江出版社，2021.1（2024.3重印）
ISBN 978-7-5407-8994-7

Ⅰ.①山…　Ⅱ.①李…　Ⅲ.①散文集-中国-当代　Ⅳ.①I267

中国版本图书馆CIP数据核字（2020）第251696号

山川面目
SHANCHUAN MIANMU

作　　者　李　琬

出 版 人　刘迪才
策划编辑　陆　源
责任编辑　陆　源　林培秋
装帧设计　周伟伟
责任监印　黄菲菲

出版发行　漓江出版社有限公司
社　　址　广西桂林市南环路22号
邮　　编　541002
发行电话　010-85891290　0773-2582200
邮购热线　0773-2582200
网　　址　http://www.lijiangbooks.com
微信公众号　lijiangpress

印　　制　三河市嵩川印刷有限公司
开　　本　787 mm × 1092 mm　　1/32
印　　张　6
字　　数　100千字
版　　次　2021年1月第1版
印　　次　2024年3月第2次印刷
书　　号　ISBN 978-7-5407-8994-7
定　　价　58.00元

目 录

第一辑

*

第二辑

*

第三辑

*

第一辑

埃里温[①]之瞬息

傍晚从高处看去，整个埃里温躺在山谷中，焕发出柔软的棕粉色，由于当地造屋常常采用凝灰岩的缘故。楼房色泽相近，城市也更显得平静安宁，虽然这是不久前爆发“天鹅绒革命”之地。这个国家的国民，不过分热情，也无高傲的姿态，态度自由自在无拘束。在亚历山大·塔曼尼扬的设计下，埃里温道路井然又布局紧凑，建筑大都保留了二十世纪的风貌。美术馆内窄小而陡峭的扶梯飞速行驶，颜色绚烂，层层攀升，通向苏联时代所理解的未来主义，置身其中，恍如进入虚构的时空。

我们在亚美尼亚山结的一脉中穿行，无声的风打在脸上。迎面而来的是小高加索山脉。和我们的葱岭非常不同，这里的山也带着安宁祥和的神色，表面呈现桌形，一望无际。金

① 埃里温(Yerevan)的旧译名，亚美尼亚共和国的首都和经济、文化中心。

色绿色的草，短短的一茬匍匐在灰白色的岩石上，枯干厚实，如小马换毛时参差的茸毛，似乎也微微被风吹动，但不会改变执拗的形态。因为地势平阔，是中国少有的地形，能够清晰见到多处焚烧草地升起的烟雾，在光照下闪现迷离暗哑的灰白色，那样旷寂而热烈的气氛，令人联想起痖弦的句子。

路上经过迪利然森林，桦树变成金色，光泽绵密。大地戴上新的金戒指，闪耀清澈冷冽光线，我们不再能够越过它，只能在这光溜溜的指节上打转。据说这片森林的某处就是瓦鲁扬·加拉贝迪安的宅子，他是大屠杀难民的后代，出生在叙利亚，他向土耳其寻求复仇，因而在法国被捕。由于无数人的恳求，多年后他终于被释放，现在回到故国，隐居在此。可见个体与民族相互依赖之剧烈程度。自己为之奉献的对象，反过来也同样信赖自己，也是一生里值得感慨羡慕的事。

经过森林，来到瓦纳佐尔小镇，仿佛走进从未拥有过的记忆。降温的秋日，人行道上边缘峻峭的落叶也会令我们受伤。各地的亲人们因为工厂而患上恶疾。我们病了，但我们不会责怪让我们生病的人，反而心甘情愿地赞美为之牺牲的东西：渴望牺牲，渴望付出，它可以取代一切个人主义的孤独痛苦。桌上摆满了菜肴，青椒塞肉、烤土豆、烤鸡、腌秋葵、腊肠、白兰地、山茱萸果汁。透过白色绣花窗帘，可以看见窗口高高的松树。在世界的一隅，它们就是富裕和满足。

走上街道，两边稀疏地排列着昏暗的店铺，令人昏昏欲睡，大人牵着吃巧克力的小孩子走回家。街边一条小路通向那座近乎废弃的房子，那是亚兰家的老宅，原本属于亚兰的祖父。曾经种满了花的院子里，长着两棵苹果树，树上结满苹果，枝条下垂，树下也落满苹果，来不及被人吃便掉落在地上，反射出带着灰土的紫红色暗淡光彩，在不太晴朗的黄昏空气里益发恬静。一个老人坐在店铺门口，抽着烟，店铺里空空荡荡，似乎没什么工作要做，但是他坚持每天都出来坐着。他向我们伸出手来，一双被生活、历史和遗忘折磨过的手，和这世界千千万万个小镇上的居民一样，是我们的叔叔伯伯。

小雨忽然落了下来，前方是用亚美尼亚文和俄文书写的汽车站标志，我们等了不一会儿就上车了。月亮被云罩住，投下晦暗而富有挑逗意味的光芒，像秘密警察的视线落在我们发冷的膝盖上。在车上偶然遇见的当地女人告诉我：北京，我去过，雅宝路，雅宝路，我曾在那里卖衣服。山路上的黑暗越来越重，亚兰跟我讲起过去的事。从前，亚美尼亚黑帮盛行，几乎无人不与之有所沾染，经过他们，无数日常生活的链条才得以顺利地在苏联时期运转。根据规矩，黑帮头目从不以某种职业谋生，只需要尽好自己的责任，从中获得生活所需，直到某天突然死于敌手。他们的所作所为赢得了民众爱戴，撼动众多上一代人的生命。回到埃里温，光脚踩在公寓地板上，一阵湿和冷，又被木头地板抵抗。在陌生的国度，反而不觉得任何不安和惶恐。对着楼道里装上十字架的镜子照照自己，试试能不能看见《卡拉马佐夫兄弟》里自己最喜欢的那个阿寥沙。没有。一个和宗教毫无瓜葛的人。城市仍然飘浮在音乐中，而我拉上窗帘便蒙头大睡。

如今一切变化，又仿佛奇怪地陷于停滞，人们依然居住在旧时代的房子里，和亡魂相处，也带着众多不安和不甘。中国人急匆匆抹掉过去的痕迹，在这样又老又慢的地方，不免感到，生存的本来面目，就是无法忘记和无法磨灭，是承认过去的好无法复制，过去的坏也无法消除。在每周的民谣酒吧里，五六位歌手轮流演唱，听众不过二十人。这些上了年纪的歌手仿佛延续着布拉特·奥库贾瓦的传统，自己写歌、弹唱。在亚兰的帮助下，我虽然无法听懂歌词，却也能够了解歌曲的大概。对于现场的一两位歌手，早在来埃里温之前就已经听过。他们不追求成名，但到来的听众几乎人人都熟悉他们的歌。这些歌，有关战争、失去、理想和爱，关心政治、平民的悲欢，譬如其中一首歌唱道：“总统说未来会更好，但未来来得太慢了，和我又有什么关系？”这种纯而又纯的、属于民众而又在幽暗之地发生的民谣和诗，引逗我不远万里来到这张小小木桌的烛光前，为了听一听，在这个人人争取决定自身命运的国度里，音乐如何融进这些虽是一小部分但无比真实热烈的生命中——普通主妇打扮的女人、衣着朴素的父女、独自到来的艳丽女子、带着妻子前来的瘸腿的知识分子、看起来愤怒而快乐的男孩……他们全都开始和歌手一起拍掌歌唱。我在这些歌声中感到自己被紧紧抓牢的亲密，心在眩晕、跌倒、再度站起，一部分头脑已经得到更新。你不再单单是你，你也是你无法成为的他人所留下的空隙；你是渴望走到他人那里，却隔着一点什么，但每每因为突破那隔着的一点什么而兴奋得手舞足蹈的漫游者。

而终于到了这天，十月二十日傍晚的埃里温，城内结满了庆典用的霓虹灯，满眼是银色与金色。到了将近十二点，石榴红和金色的烟花纷纷爆裂，我站在阳台上看。住所就位于图曼尼扬大街旁边，四边道路无限上升，把我们包围在一个低凹的核心。四处都有居民和我一样站在阳台上，发出他们自己也无法解释的感叹和惊呼。以山和天为背景，色彩灿烂的火星从黑魆魆的无尽夜幕中缓慢滚落，一颗一颗散开为纤尘。我不得不想到，每一个活着的生命都在为这城市的古老增添一个刹那，虽然如此短暂微小，却也尽力延长扩展自身，以至于最终坠落消殒。

回声层叠，此起彼伏，埃里温的两千八百岁生日，在这一时刻降临。我在它两千八百年中活过的这一小时，也永远不会再度到来。桌上还躺着亚兰母亲送给我的两只柿子，两只青橘，一把糖。有香味的时间慢慢流溢，落在所有的阳台、卧室、餐桌和纱帘上，在手风琴的黑暗反光下跳舞，唱一支从里海沿岸到太平洋西岸都会唱的熟悉而模糊的歌。在斑驳的记忆里，那联结我们所有人的东西还未失去。但隐隐约约，又有新的联结被捏塑起来，在每一个民谣歌手的喉咙里，在每一本被打折出售、无人在意的旧书中回荡，属于那无限的少数人，是我们最珍爱的，一个人清晨起来行动时从窗外透进来的薄薄蓝光。

雪 晴

雪飘落下来的时候是清晨，它将小镇封住，洁白完整，几乎没有裂痕，没有大城市里的尖角和热气刺破它。干燥的气息暂时消失，看不见的湿润的膜将你裹住。

我本来以为赤峰，或者它已经被抹去的名字昭乌达盟，离我们并不过于遥远，但实际上我们感觉在路上过了很久很久，似乎将整个时代留在身后，甚至和我们以前到访的真正的西部也不尽相似。这里城镇分布过于稀疏，从赤峰到大板镇也花了两三个小时。

走在大板镇上，北方特有的灰白地面从视线四周隆起，它们映现的仿佛就是契丹和蒙古地界千百年天空的洁净乳蓝色。风从公交站牌、门窗、屋檐、贴纸的裂缝中迟缓地涌来。

后来，来到庆州白塔下面的时候，阴云渐渐散去，碧蓝的天空渐渐张开，有轻盈的紫色云条拢在远处。塔身上留下被涂坏的痕迹，但远看去还是均匀的奶白色，将发灰的蓝色天空映照出透明的质地。

而到了返程的路上，空气彻底明亮。心想，如果是这时在白塔下面就好了。可是我们身已不在。路旁的西拉木伦河仍然结着冰，落着雪，闪动白亮的反光。布满金绿荒草的山梁仍在沉睡，男人们互相打着招呼，说起禁牧的地方越来越多了，补贴却那么少。

我们胡乱坐公交。公交上有一个女孩，头发梳得格外整齐，穿着呢子大衣，看样子不过十岁左右，但是神情却和大人一样，显得沉着冷静，又若有所思。这和我在北京见到的，那些戴着眼镜、神色漠然、低头不语的小孩子完全不同。

坐公交到最热闹的地方，就是荟福寺了。夕阳照射下，褪色剥落的外墙呈现出玫瑰色的光亮，泛出早春冷白的色泽。它快被人遗忘了。于是看起来，比北京的一切古建筑反而都更古一些。

原本这里周末并不开门，我们找来值班的一位僧人替我们开了门。值班室桌上是一盆快要枯败的杜鹃花，花瓣的边缘皱缩了起来，在太阳下闪耀奶油的微亮。在几乎还是一片干枯景象的巴林右旗，我不得不特别感到这花瓣的新鲜可爱。更何况，它原来和荟福寺山花部位的颜色一样，是发白了的水红色。眼睛更喜欢这样偏近雅致柔和，也更加真实的色彩。

我们在寺庙里逗留了一阵子，那僧人就一直在门口等我们。这时，空气像是静止不动，又或者只有空气在流动，而万物稳固不移。

阳光耀眼，暖烘烘一片，好像再没有比这里更远的地方。小街边，光在有灰尘色的窗玻璃上爬行，有些打滑，又不愿离去的样子。几个戴眼镜和解放帽的老人聚在一起打牌、下棋。阳光就在他们身边转来转去。地上有污水和细小的纸屑、塑料的残骸。每一件不起眼的、被抛弃的、没有用的、看起来不美的事物，都笼罩在薄薄的光晕里。

在这里，时间好像被人忘记，历史也没有留下痕迹，只是无形地消失。巴林百货大楼的金色大字在寒冷的空气里仿佛现出某种启示。远处地平线上方是日落前粉红色的云。我感受到记忆含混流动所造成的轻微压迫之力，在神经末梢作痛，我又不可避免地想起新疆，同样的干燥、广阔，但比这里的景物更加甜美和忧郁，那里温暖的黄昏同样席卷一切。

比朝九晚五或读书写作似乎更加不言自明的生活，对我而言，其实是一种完全的神秘。因为我难以忘记，在大板镇最后的夜晚往火车站走的时候——

四周几乎没有声音，只听到远远传来一两声火车汽笛，还有零星狗吠，带着春天的意味。整条街虽然也开着店铺，但灯光都是暗淡的，只有一家成人用品店写着“无人售货”的招牌放射出银色光线，显得格外耀眼，与四周格格不入。它的旁边却是用暗红色手写体写着“收售旧家电”的门面，透出我印象中幼年时才常见的昏黄的白炽灯泡光线，它所照耀的区域有限，封闭，边缘漫漶不清，被黑暗侵蚀。

走到离火车站不远的地方，迎面走来一个男人，左手拎着什么东西，右手拿着手机，一直对着耳朵听，是断断续续的长调，清晰、顿挫，但也沉闷、扁平，大概是微信语音。他是这样急切地想要听到这声音，令我感到片刻的吃惊。

直到到了火车站，我也依然恍惚疑惑。两个年轻的男女在我身旁排队，我们坐的这趟火车，刚好是从西宁发车，路过此处。那女人忽然问她的男人：“西宁是哪儿？”男人想了一会儿说：“应该是在青海吧。”我顿时闻到那种与世隔绝的安宁与绝望的气味。我想，我们就是来过了一个这么遥远，这么不需要世界其他地方的地方。

从呼和浩特到萨拉齐

这是荒凉的萨拉齐的旧城，事物在消失、封闭、破损、藏匿，难以想象一百多年前热闹的商埠风采。但是这些土色的小屋，简练的落满灰尘的街道，仿佛让《双旗镇刀客》电影中的画面和声响浮现在我脑中。食物是最好吃的，一路上经常见到焙子、酿皮、羊杂。走进一家酿皮店，陈设还是二十世纪九十年代小城的模样，地面没有铺地砖，夕阳的金黄光线照在简陋的桌子上。老板也像是特别寂寞的人。他坐在门口，望着人流稀疏的街道，常常嫌顾客没有把酿皮拌好。

我们步行穿过萨拉齐的大街小巷。从火车站往比较热闹的市中心走，发现一座小小的关帝庙，入口早已被封住，只能远远地窥见里面破败的景象。途经一座小型游乐园，里面是旋转木马，气氛热烈的音乐传得很远很远，更衬托出四周的寂静。拐角的地方，一对穆斯林打扮的男女站在推车旁边，桶里是新鲜的牛奶。我想到，萨拉齐是蒙语“挤奶的人”的音译。我们买了一袋据说是刚挤出来，没有经过任何处理的牛奶，它尝起来清凉而平淡。

旧城区正在经历改造，虽然我们只见到了一部分“棚户区”，但足以看见过去的面目。有的地方砖瓦横斜，物件散落，但也有一些地方仍然井井有条，有人在里面生活。常见的是夯土墙、砖墙，以及一种铁皮的乳钉门，乳钉勾连成鱼形和方胜的纹饰，弥漫着古朴意味，在一片暖灰色调的北方景象中散射冷白光。路边有些房屋墙砖颜色不均而多变，它们堆砌在一起，有一种很难见到的颓败式样的斑斓。路边偶遇的梳毛厂已经空无一人，满地散落着发黄发灰的毛絮。

一个缓慢蜕变的平行世界，如同蒙语方言被夹杂在汉语方言的轨迹之中。行到此处，对比赤峰和呼和浩特、包头，能看到人群迁移的路线，种群融合的痕迹。往返呼和浩特和萨拉齐的路上，燥热的春季阳光照耀阴山的山脊，那是一些连绵曲折而起伏并不很大的缺口，如漫长的午睡，漫长的叹息。我大概明白了为什么蒙古人说，所有自然风物都是音符，它造就了音符。至少，这一带的山的音乐并不是剧烈湍急的，和内蒙古东部以及图瓦都形成了对比。我想起东部的人，他们更加高大，也说更多的蒙语，而呼包一带，当地蒙古族男子脊背原本宽厚而优美的线条被风的侵蚀、替代了游牧生涯的现代琐碎劳动渐渐磨平消融。

我们到美岱召的时候，时机不巧，最为美丽的大雄宝殿正在维修中。我见过它的照片，所以即使被围墙和网格布遮挡，当我看到它外观的大概，也能大致想象出它的整体面貌是如何素朴、沉稳而高贵，并且因此惊叹和失落。得到工人的允许，我们进入了工地。大殿没有复杂浮华的纹饰和色彩，女儿墙涂成了红色，是以砖代草，模仿藏地建筑的暗红色边玛墙。仿佛有了这么一段红色的装饰，它就彰显了它的藏传佛教寺庙本质。这些砖石褪色后，洋溢着带有奶油质感的珊瑚红。墙檐下方镶嵌着有六字真言的纹砖，字体也是珊瑚红，与上方的墙面呼应起来，显得特别优雅。从大殿门外窥看，这次维修好像有把一切翻新的态势。因为没法进入，特别是没法看到壁画，让人感到格外遗憾。可是当我看到它露出来的局部，特别是可爱温柔的墙面装饰，却又有种看到美人面纱之后的面孔时，被放大的暗暗满足。

相比南方，北方城市的骨骼和基底似乎更为清晰分明，即使相隔多年，也能约略感到一个地方的本色。从萨拉齐行至呼和浩特东站，商铺和城墙，百货大楼与老旧的苏式厂房，在建筑稀疏的平阔土地上鲜明地依次显露出来。入夜的呼和浩特显得更加阔大空旷，新城区的建筑高耸、巨大，在我们四周合拢，一切看起来光烫笔直，人迹寥寥，漫天的背景依然是带着烟尘色的乳蓝空气。这时天色渐渐暗淡，透出粉色的晚霞，如同走入幻觉。我们坐上车，司机是一个看起来干练而文雅的中年女人。哪知她开口便带着浓重的晋地口音，笑着说："你来，你便要像本地人那样，不要节食，而要敞开了吃，敞开了喝，喝到深夜，去没人的地方大喊，怒骂。"她说，内蒙古人不知道食物的调剂，想吃菜时，一顿饭只有菜，想吃肉时，一顿饭就只有肉。车子渐渐进入人口繁密的地方，我却被她的话逗引得意犹未尽，哪天再来的话，一定要像她说的那样度过。因为我们的生命不是自己的，我们能够真正忘我的日子，也实在太少了。

寂静的夜晚，为何听不见

所有的旅途都带着不安，混合着那种终于找到家的感受。白杨闪耀，风尘炽烈。院子里的老人仍旧吹着木唢呐。一对维吾尔情侣在我们桌旁坐下来，望着天渐渐变黑。我们等待许久后，总算快要启动。来自甘肃的司机此时正在泡一杯大红袍。他把杯盖拧紧，放好杯子后轻轻关上车门。看他把货物在货厢上慢慢堆好，铺上帆布，紧紧捆扎，原本焦急的心也平静下来。他说快了，就快出发了。

遥远的帕米尔高原上，地震后新建了一个村子，班迪尔乡的新娘就快要嫁过来了，新郎家的亲人们纷纷坐在屋内和院子里。高原塔吉克，这一带是《吉尔拉》在中国最早传唱的地方，他们的双颊因长期接近太阳而熠熠闪光。新郎家的女眷们坐在里屋整理妆容。她们对着镜子，把乌黑鬈曲的长发梳了又梳，把两侧的头发分成两绺固定起来，后面的头发扎起来，别在帽子上，再彼此察看。

到了下午五点多钟，上了年纪的女人们开始整齐地围坐在屋子里吃抓饭、喝奶茶，每个人都戴着各种样式不同、装饰繁复的手镯、戒指、耳环。手镯有捶揲工艺的，也有卷草纹，光泽老旧，看上去都和她们同生共死，不曾分离。她们的花裙也图案各异。果然，和大半个世纪前艾芜描述的边地一样，男人们的打扮和汉人差不多，而女人们依然喜欢本民族的服饰。一位老妈妈拉着我的手，看看我的手镯、我的戒指，又指指我的耳环。她只是笑，说着塔吉克语。于是我也拉住她的手，看看她的戒指。左右两只手的无名指都有，是最朴素的银戒指，和她的年纪相称。屋里还有一位汉语说得很好的维吾尔女人，她说她因为爱而嫁到了塔县，她的丈夫比她小将近十岁，是安静沉默的高个子塔吉克人。她说，塔吉克人不会管别人的事情，只关注自己的生活。一个轻快的手势。

太阳像鹰一样滑翔降落，快要彻底隐没。人们吃完晚饭就开始跳舞，两支鹰笛，两只手鼓，人人都可以是乐手，轮换着跳舞和演奏，专注于那一件发出美妙声音的器物。演奏者时不时用眼神交流，格外亲密。风沙源源不断滚来，沙尘降落在身上，又伴随舞步飞散四处。新郎家的大表哥是跳得最好的，笑起来眼神带电，低头举臂派头十足。新郎的表妹们更是认真的舞者，几个美丽的小姑娘都不过十二岁，她们有巧克力色的皮肤，穿上了重大日子才会穿的、装饰着亮片串珠的纱裙，在一群穿夹克衫和迷彩服的男人中穿梭，如灵巧的火焰一般耀眼。

我们在高原上到达的最南的地方，就是达布达尔乡，它的名字就是“门户”的意思，靠近巴基斯坦。一路上，空气洁净得闻不到任何气味，连牲口和房屋都很少。山抚摩着这些切开它的道路，近处的山是红色，更远处是褐色，而最远的地方是青灰色的。西边的山麓被映照得白亮发光，东边的山色泽深沉。坡上偶尔见到牦牛，它们的运动像随风升起的沙土和缄默厚重的岩石那样缓慢。牛群的主人过来看看它们，又骑车离去，只留下我们这陌生的人，茫然、沉迷。四顾是荒草纷披，昆仑山无止境地抬升、皱缩，将我们牢牢抓住，刺痛我们忘记一切的感知系统。

从达布达尔往回走，塔依尔问我们该去哪里。我说，你带我们去哪儿？他突然笑了，指了指一条高亢陡峭的上山路。沿路路碑的影子格外深刻分明，似乎标示仅有的一些人类痕迹。我们步行蹚过一条小河，河水冰凉，打湿鞋袜，四周只有散漫的牛羊马匹。草地颓败，放牧的人已经不多。牧场和草滩一律反射出金黄色。坐在草地上晾晒袜子时，羊群走过身边，朝我们望了望又继续前行。只是这么一望，你就和它有了说不清的联系。它们洁白发光的羊毛在沙棘树丛中闪现，如同爆裂的雪。鹰徘徊着，不知道要去哪里。我们还没来得及看见新娘。“寂静的夜晚，为何听不见，她动人的歌声？”……她嫁过来后，会一直快乐吗，古丽米热表妹？你也没有见过她，你要去很远的地方取水，去很远的地方上学。

而在那条似乎永远不会到达尽头的314国道上，天越来越黑，远处还有暗蓝光线，可见山尖雪光，提示我们已进入高原。两侧的山体反射出藏青色。灰绿色的康西瓦河在我们身旁发出极其寂静幽咽的响声。过了盖孜边检站，司机和我几乎不再聊天。另一位皮卡司机是他的同乡，和他同路，中途递给他一包烟。天气越来越冷，他也把烟分给我们抽了起来。你每天都抽这样多的烟吗？我问。他说，不，别人给的烟才抽这样多。这是过于荒凉的一条路，他说待久了便只想离去。可是如何离去……他和我同岁，已有两个孩子。车厢里升起好闻的香烟气味，暖和，仿佛有奶油香。每次扔掉烟头，被风激起一刹那的火光四溅。贴着车窗，我们渐渐可以看见硕大密集的星群，每一颗竟然有无花果那么大。它们的光芒丝毫不亚于最明亮的钨丝，缓慢旋转，在冰冷的山风里欢愉地微颤。

在喀什生病时，只能躺在旅馆的楼上。楼下街对面一把寂寞的都塔尔，断断续续地弹奏着。半梦半醒间，我联想到在老家，那些黄昏里烟气弥漫的街巷，透出黄色光线的旧花布窗帘，也是这样透出不甚连贯但依然悦耳的钢琴声。人们在各处练习着生存。我翻过身来又翻过去，在傍晚灼热的空气里，自己仿佛也变成众多鸽子中的一只，飞过无数粉褐色的屋顶，降落在渐渐寥落下去的艾提尕尔广场上。

穿过刚刚建好不久的公格尔隧道，天地几乎完全陷于黑暗。不知道什么时候我睡着了，几辆大卡车莫名其妙地闪烁。梦与醒的界限已难以分辨。几只鸟从我的视野中飞过，它们刚刚从笼中飞出，有洁白宽大的翅膀，像是《天鹅王子》那个童话中的王子，只不过它们不再想变回人类。我却像是他们的那个妹妹，还在为他们缝制荨麻衣服，刺得满手是血，也不感到疼痛，以为他们终会回来……四个塔吉克男人骑着马经过。路上没有花朵，不像喀什那样开满了长春花和天竺葵。四个神色疲惫的护边员穿着似乎已经穿了一辈子的制服，走进餐馆，手里拿着茶杯，匆匆吃过饭就离去。天花板上有老式的雕花，桌上铺着绣花桌布，整个大厅空空荡荡，每个人移来移去，像一团团幽暗的光。即使是在家里，也像是在异地。我看着地图，在这些孤独的地名里感到迷惑。这是些原本拒绝女人的严峻地方——公格尔、乔戈里、克克牙热、也什卡克……如果不是因为你们这些离开了家在冰霜中度过日夜的人，也许我都不会如此顺利地瞥见它们。

寒风终于无法避免地从车窗渗透进来。巨大的蓝色舔舐并通过我。它不会熄灭的、冷冽的翅膀拂过我们因时间而恐惧衰败的皮肤，治疗我们的健忘和虚弱，而它的老迈又如此锋利崭新。我们也因它而感到某种意义，愿意为之消耗自身。微弱的光在弹跳和扩大，从刚刚掐灭一支烟的卑微手指，到窗外浩瀚的银河尖峰。我醒了。我们已经来到了县城中心，永恒的阳光将要照耀塔什库尔干。新娘已经在路上，蒙着她年轻的面容。群山向我涌来，一阵战栗终于在内心停住。

西方来的风，吹倒了葡萄藤

感谢一位功劳卓著的朋友，这题目的后面两句渐渐也为人所知了:“称作‘心’的那个疯子，你抓不到。”心里确实是有些不安宁，因为在很长一段时间里难以摆脱某种音乐的蛊惑，我来到了这里。我请求一位叫艾尔肯的优秀乐手演唱那首蛊惑过我的歌。即使在洗去了幻想的斑斓色彩之后变得苍白和疲倦，那也毕竟是我最想要听到的。

这天晚上，我们就坐在这家餐馆里，好像是随便什么一家，好像是随随便便地踏入了生命的某间屋子。曾经在哈尔滨，我也是这样踏入那家露西亚餐厅的:暗淡、光滑，没有顾客的所在，灰白柔纱的光线带着桑叶般的热气渗入茶盅碗碟、雕花壁板，老板拉着断断续续的手风琴……但是偶然的相识，不是总带着最必然的东西吗？我们难道真的会爱上什么预先计划的事物吗？

如果你来到那芳馥著名的“秦尼巴克”，就会惊讶于它的痕迹是多么顽固而又似是而非，它变成了小小的餐馆（再好不过）。许多汉人坐在里面吃饭，和内地任何城市相差无几，而在外面的门廊里，一张张桌子上坐着维吾尔人，他们聚精会神地打牌，打发掉这个下午。进到餐馆里走一圈，不可免俗地想到王谢堂前的兴衰。墙皮的剥落被粉刷所掩盖，如老妇敷施的胭脂，为蝼蚁的不可挽回的梦。

人们就总是在废墟的身体上庆祝、欢宴，过着最不会悔恨的当代生活。破败的墙垣让人说不出话。我们总是往高处攀爬，站在高台和屋顶上。羊子的气味忧郁地四处弥漫，你往下看，就看到废旧的维吾尔文和汉文报纸，一半掩埋在土里，野草野花在乱石中挺立，没有打斗和杀伐的遗迹。某处的土层正在松动，黑暗和光亮交缠着盘旋下降，直到那些没有人再读的书、没有人再用的织机和失去了甜蜜奴隶的锁扣，最终寻找到说着各国语言、皮肤晒伤的观光客主人。

吹一吹晚风，夏季的滋味像夹道的合欢那样枯瘦但又那么艳丽。风尘在露台上做了巢，大部分民居都会种着木槿、玫瑰、千日红，鲜妍一片。橘红霞光也像旗子被风吹成一条一条的，披在众多渺小的身体上。树荫下和道旁的草地上，人们用维吾尔语交谈着我们听不懂的心事。

外面天色逐渐低沉下来，是快要入夜的时候了，一团清漆般的阳光渐渐变得混浊，鸽子汤咸香的气味也要来迷惑我们了。这是喀什时间的下午五点钟！“风吹落了棉花”，“现在是鸽子和豹格斗”。

就在轻快细碎的咀嚼吞咽之间，也不可避免地感受到大的震动。在窗外马路上，渐渐变得昏暗的某处，手鼓的回声由远及近又拉远，似乎击打着遥远的城墙。原来是婚礼的车队经过，吹吹打打的声音不同于以往的中原的风味。而且结婚的并不止一对，在我们吃饭期间就听到了三次。唢呐的声音在西域显得格外苍凉，让人心慌和出神。这小小城市的周末还有这么多婚礼，但据说以往更频繁，而这几年，人们也不举办那么多婚礼了……

几个人，乃至无数人的想象、知识和思想，看似广阔无限，实际上却那么小，像巴旦木的内部，与我们的生存真正息息相关的不过是上一代人遗留下来的刀剑和手艺，克敌制胜也只是一刹那的事情。我不时遗憾自己是个女人，或者又疑惑世界上竟分什么男人女人。可惜我买不到了——英吉沙小刀带不回去。当然，我无法让思绪再停留于悄悄远走、又轻轻松松带一把刀子回来的年代（正如我年少时候喜欢读的

"口述"所描述的)。实际上,家父很喜欢刀剑,是因为它们的漂亮,而非锋利。我想起从前,我们居住的楼房有人家里失窃,因为有吸毒的青年在附近流窜盗窃。不知道为什么,十几岁的自己会有那样过分的警惕:自那以后,睡在三楼小小房间的我,就把一柄小剑放在枕头下面,如此度过多年。现在,那种半明半暗、半虚半实的警惕,就充斥在我路过的地方,无处不在,让人呼吸沉重。

而他曾经醒来过。他并不像《暴雨将至》里那个剃了短发的、蜷居室内求生的阿尔巴尼亚逃难少女。他渐渐习惯这种沉重,并且呼吸轻盈。你也多么希望,自己像那个东正教僧侣那样,发默誓、不说话,任时间在灾难中流逝,可以毫不慌张地面对不同的宗教、战争和强烈的爱。他细长的眼睛醒来,带着葡萄般的微光,那仿佛是梵天从黑夜里伸出的一只手。没有其他人可以看见。想起这几天,大雨总是没有落下来,甚至在雨中也夹杂着晴朗的沙子,不禁感慨绿洲雨水的袍子织得太稀疏了。而白天,在牛羊巴扎上,人对牲畜喊着话,仿佛它们可以听懂一样。真是奇怪呀,它们撅着屁股,欢快地从卡车后面跳下来,那么欣喜急迫地来到下一个明亮开阔的处所,即使是为了被贩卖和屠杀。吃过饭,拉面摊子上的维吾尔老人就笑着用力拍拍我的后背，是为了什么呢？周围烟尘滚滚，太阳的火焰照亮我们长久在室内被城市、厌倦和虚荣浸泡得阴湿的心。为什么心里微弱的火光，又出现在此处了呢？

大概是因为，太孤独了吧。夜市上那么多游客和居民，果浆和浆果，面食与茶汤，广袤奇异的“中亚”变得小而拥挤，在我们弄脏的桌布上吆喝。追风筝的人、玩鸽子的人、制作乐器和演奏音乐让灵魂摇荡的人，像众多幽灵一样逼迫我们面对彼此：多么久违，并排或者面对面地坐下，在这种可以直接坐在小摊前面吃东西的地方。就连滚烫的烤包子，也要拿在手里分成三份。我们一人吃一个煮鸡蛋，又再吃一个烤鸡蛋。这种朴素和重复的食物令人满意，至少在一个小时中，让人感到没有虚度。天光洒落在溏心蛋黄里，撒了盐和胡椒，小勺子挖去一角，仿佛随时会残破，只剩一个幼弱的壳在手中。我们说过的话，简单的几个字，连壳子也找不到，但仿佛比其他一切更值得惦念。石榴汁一大杯，血红色，像葡萄酒，没有想到是那么醇厚的酸味。喝下去，会想到一些疯狂的原料，不知克制的细节。黄鹤一去不复返，白云千载空悠悠——因为最初就不明白什么是胡风越枝，我是在没有故乡的故乡出生，所有省份的孩子都在一个大院儿里长大。活过和走过的地方，也全都像隔着一些什么。几年前，我第一次来新疆的时候，当地人告诉我，格瓦斯里放的是鸽子血，喝下去以后，我仍然不懂那到底是什么样的。我仍然不懂为什么会这样匆匆地，仿佛没有告别地告别。

忧郁的亚热带

天热得要命，汗流不止，只能忍耐。在这样的天气下，你眼前却浮现出那个画面：你和父亲坐在一间十分嘈杂混乱的泰国菜餐馆里，等待上菜。虽然当时嘈杂、炎热，却希望这一幕不会停止。

那是在傣族人的地方，其实按理说，所谓的泰国菜也是和当地差不多的食物。餐厅是半开放式的设计，仿照干栏式房屋的底层结构。将暗未暗的傍晚天色里，灯笼的光星星点点，散发粉色微黄的混浊光线，映亮神色各异又暧昧模糊的客人面孔。他问，你真吃得惯泰国菜吗？吃得惯，你说，在台北时，到处都是东南亚餐厅，爸你没到过台北，不知道那边好多地方像是这边二十世纪九十年代的大城市。不晓得怎么回事，住过越多地方，就越容易让你想起家里，二十世纪九十年代的武汉。

餐厅里音乐喧阗而充满重复，是一种有你印象里二十世纪末风味的欢闹旋律，配合浮荡的光线和如银鱼般来往穿梭的女孩，倒也非常合适。服务员里不少小卜少汉语并不灵光，需要用手指点菜单。因为客人太多，上菜极其缓慢。

每次吃到咖喱，你就想到，父亲跟你讲述他第一次与咖喱相遇的情景。那是在战乱的村庄，他和战友搜索到一锅热腾腾、有奇异气味的炖鸡。因为十分饿，士兵们纷纷认定，即使有毒也不得不吃了，所以对咖喱印象格外好，只是那时还不知是咖喱。

你看着负责自己桌子的那位小卜少，把低跟黑布鞋的后套压在脚下，趿着鞋走来走去，身上穿着发皱的粉色筒裙，头上的发髻已经松散，棕黑色头发散乱垂下，茂密而无可阻挡，与淡漠的表情形成对比。求生是这样辛苦，你却不知这一刻该如何帮别人。终于结束晚餐结账离开，天仍未完全黑掉，街头随处可见一摊摊榴莲芒果，反射昏睡般的色泽。

这一切都太二十世纪了，你想，它们令你再次联想起自己还是孩子的时候，那座还没有快递、外卖、微信和支付宝的城市，零星矗立的百货大楼和数量并不算多的餐厅，父亲带着五六岁的你定期去一家快餐店吃饭，那时的饭食里还不流行多油多辣的口味。你偶尔还能模糊地回忆那时的情景，不切实际地希望还能常常和那时一样，与父亲在小桌两旁对坐着。每餐他必小酌，头上冒出大汗来，热气扑面。

到了早上，奇异的粉色朝霞升起，从大桥的另一边压下来。冬季的澜沧江是浅浅的一摊，露出大片灰白色沙砾。还不到七点，凤凰木的花朵在黑暗的空气里开放出玛瑙的颜色，路边没有什么人。不同于北方，这些云霞是如此接近地面。桥上的风直来直往，疏通低湿的空气，白衣的僧侣背着驼黄色布包，以稳定迅疾的步子通过。在街巷闲逛的时候，随意走进一座寺庙，门前人行道仍然脏乱，只有殿堂里是干净的。彩塑上积累着厚厚的泥灰，众人似乎毫不在意。

你来到公园里，进入一片巨大的表演场地，已有十多年，你不再看见这样因为娱乐而密集簇拥的人群。太阳正在暴晒皮肤，四周气味并不算好，你一刻也不想坐下，不喜欢这种毫无意义的热闹，但是父亲却很想坐下来。游乐场、动物园，从前你感觉低落时，父亲就会带你去这样的地方散心，因为孤独寂静的自然世界反而是你所习惯的，他觉得你不如多看看人。你只好对父亲说，对不起，我真的不愿意在这乱哄哄的人群里坐下来，你自己看表演好了；我想去溜达溜达，就这么随意地，并不固定在哪儿，而且哪儿也不去。他说好吧好吧，我也不喜欢这么吵吵嚷嚷的。

你们又重新走到街上去，看侍弄缅栀子和八仙花的店主，懒洋洋的铺面被太阳照射得麻木酥软。路边除了卖水果，还卖跌打损伤膏、清凉油等来自越南、泰国、缅甸的小玩意儿，也卖烟、檀木雕、檀香、艳丽珠串和花朵。从一条窄窄的巷子劈进去，是另一条窄窄的巷子，生活一成不变，新闻似乎并无必要。虽然许多人来这里买房，却好像还是没多少人的样子，百年来依旧是烟瘴毒烈的地方，容易让人生病，也不见得好住。澜沧江边漫天飘散着前夜留下的烧烤的气味，一家家烧烤店近处烟尘弥漫，熏得人流下眼泪。你实在不想再在这里待下去，就顺路买了一瓶小小的风油精放进包里，打算带回去送给有收集风油精癖好的朋友，寄托你无中生有、若有似无的惦念。

你走回去，天已经完全黑下来，司机依然每天下午在楼下打牌，看人打牌，喝茶泡茶，生活果真是这样子吗？太阳底下无新事，人们去过了所有的土地，也好比永远在一个房间里打转。就算到了边境，又是怎么一回事呢？边境另一边大概也是一样，画师赤着脚，坐在烈日下，在墙上画他脑海中的佛。但你知道不是这样子的，至少对你来说不是这样。

你知道，一旦离开了家，无论居住在哪里，就永远不会再和家里一样。你只好羡慕那从未离开家的人，他能够穿上睡衣，吃过饭后不紧不慢地踱出家门，迷失于家中那片高大香樟的永恒图案，模仿斑鸠和枭的啼叫。他幸福地把握着，此刻唯有这种声响能够冲入天空又径直落回头顶。

静　安

像是密不透风的天地掀开一角，露出暂停与间歇的面貌。每次来上海，都有这样的幻觉。这地方，对我们长期居住在北方的人而言，不妥当地借用王安忆某篇小说结尾的比喻，就像是永远的假期。楼房和云烟，总是从延安高架路两侧远远地滚落下来。四周一团团湿润的青绿，令我想起好几年前，从桃园机场坐车进台北的那一段路。高架路旁老公寓楼阁楼外面的大钟永远停在 11 点 35 分，我不禁猜想当时这钟停下的时候到底是上午还是下午。低低的小街无穷地吞吐着它的居民。一些洋人在早晨雇了中国人出来遛狗。他们的生活和中国也没有什么关系，我总是这样想。

因为以前恰好订过襄阳饭店的房间，后来就总是选在这里。虽然是很老的房子，但是我已习惯了这里的好地段。地毯上有一团团小小的深色污渍，桌子的边角已经掉了漆。这里去热闹地带很方便，但是四周又比较安静，刚好在长乐路和巨鹿路之间。伦敦有一家接一家的酒吧，而这里是一家接一家的咖啡厅，每一间都想进去试试，只是钱包不允许。还有一家接一家的苍蝇馆子。在这样的馆子中的一家，我们并排坐着一起吃黄鱼煨面。一大堆人围坐，方形桌子拼起的长桌比圆桌好得多，总让人觉得距离变近。这些朋友认识了这么多年，虽然不能常常见面说话，却仿佛还是有着联系与了解，就连分歧也变得亲切起来，不过那也是短暂的。

诗歌书店，就是在东正教堂里面改造的，那书架构造就是一个绝佳的笼子，把我们围在里面。我们是笼子里的心，想要自由腾挪而不能，只能发出叫嚷。我们静静地听着时间滴落下来的声音，用一个又一个比喻，把无法解释的生命串联起来。痖弦相信以诗的悲哀征服生命的悲哀，看他的回忆录，虽然描写惨痛的遭遇，可是无论如何也让人感觉到过去苦难的痕迹已经脱去，只留下静美甚至甜蜜，和齐邦媛回忆的口吻和姿态非常两样。我当然喜欢前者那一类。他也模仿过里尔克。

与南方湿润的空气相接触，细微的感觉也像手指那样在沸腾混沌的脑海岩浆里留下微凹。虽然来过许多次，我还完全是游客。张爱玲说，只要是察觉得到的感觉，她就能在纸面写出来，没有什么从心里流过却无法写下的感受。这样的自信和骄傲，令我们无比羡慕。在陡峭高耸的天桥上，远远忽然望见一再错过的静安寺，是很晚重建的，在闹市耸立，层层叠叠的金色凸现，反而有世外的神秘。大概这样的城市，总是催人生出描述和书写的欲望。大半个世纪之前，她在这里买了一双她心爱的绣花鞋。如今，即使是新的寺庙建筑，也反射黄昏的气色，流露出被雨冲刷过的黑色痕迹。一片黯淡而能淹没事物的烂漫金光，在熙熙攘攘的人群和错落高大的楼宇中闪烁，照片很难反映出这种都市奇观里的寂寞与宁静。

这地方，陌生。有许多次，我和砂并排在街上走，谈起这样的地方，如何鼓动迫促人完成阶层的变迁，面貌的更迭，而这些人骨子里又是空虚的。夏天的时候，我们一起去了巴金故居，比较寂寞，又非常安逸的宅子，一切桌布、书柜都泛着带有藕粉色泽的灰尘气；又到重庆南路万宜坊，那里是钱杏邨、蒋光慈等所谓第四阶级文人，还有丁玲他们都住过的地方，砂比我清楚。我已经忘了我有没有用文字记下来过。相邻的是重庆公寓，那些楼房现在看起来都还很漂亮，有宽阔的阳台。我们绕到屋子后面的入口一层层往上走，一楼地面上，小小的多边形白色马赛克地砖和黑色花纹唤起记忆中旧日的线条，还是碧绿的叶子偶然落下来打着转，一些穿着随意的老人在门口炒菜。我们的大脑总是试图恢复那些看不见、未曾经历过的时光……每层楼能看见每个房子前面高阔的乌黑木门，放在民国，里面应该是较为高级的银行职员之类的阶层居住的；顶层阁楼比较窄小破败，住得就差多了，若有若无的霉味在里面飘荡。我后来才发现（意识到），原来郑苹如也住过万宜坊。丁玲他们活跃的时候，她还是一个小孩子。他们打过照面吗，想起来非常有趣，也非常让人伤感。他们的文字唤起了人的尊严感，但是尊严是通过毁灭与牺牲来完成的。到了这时节，梧桐枯叶在地上翻滚，如刚学飞的鸟扑棱翅膀的声音。有什么快要升起来，但是还没到空中就又沉下去。

每次到上海，时间都那么短，没有来得及多住。坐在车上往外看，平原上太阳快要落下去了，像金黄的钱币，缝在灰蒙蒙的绒布褡裢上。铁轨旁连绵不绝的村庄里，有人在烧东西。沙洲里的水草还散发着深沉幽蓝的绿色。有人放爆竹，在傍晚灰蓝色的空气里绽放出奇异的白亮光斑。有人在把没有卖完的糕点放进冰箱。而更远的地方，更荒凉而永恒的北方，有人牵着马回家了，马认得路，马蹄先是在草地上，然后是在靠近民居的石头路上，发出疲倦而欢快的声音。

哥本哈根

你有没有见过这样的画面？快到夜晚，室内全是昏黑，一个人也没有，花瓶里的一束百合，三两朵茉莉，仿佛从那黑丝绒的底子上绣出来几团银白；隔着窗沿落了细细的一层灰，白色蕾丝窗帘却是那么洁净；有奇怪的小物什小器皿排列在窗台上，是一排紫罗兰色的小酒杯，又来了一排从小到大的冰花玻璃杯，还有从小到大的高脚玻璃杯，勺子叉子也是从小到大整整齐齐地排着，还有孩子玩的小汽车模型，没有点燃的烛台，也按照大小顺序排放着。透过玻璃往深处看，是平常人家的布置，布沙发和抱枕，于是我怎么也猜不出，这是什么样的房间，竟有这样童话般的窗景。

那是前几天我在赫尔辛格看到的。那里有成排的小房子，阒静得让人惊讶。一路上还有更多蓝色的窗子、粉色的窗子，橙色绿色的墙。我们住的地方就在海边。我们推开门，走到丛丛绿色里面去。可以更近距离地看到海鸥了，而不是像在哥本哈根那样——它们就从你身边飞过去，却看不清楚，被埋进教堂尖顶或脚手架的后面——不是的，这里是很低很低的，它们露着平坦洁白的腹与背，发出遥远舒缓的尖叫声。偶尔它们就落在海面上，或者和我们一样，站在沙石间。

海边的石头和这里的气候一样湿冷，连着海水和天空。三种泛着灰的青蓝色，像本地绘画中常有的孤寂情绪，一层层地把我们包裹在中间。我们仿佛那颠倒的丘比特，他不知爱欲却造成爱欲；我们不觉得孤独，却实在是在孤独中，如果有一种客观的孤独的话。那大概就像我这样：我喝了酒，我本不想的；然而我喝了一阵子，才发现并不记得有人递给我，也不记得是怎么喝了起来；等到我真正喝够了，也就浑身凉透了，不久还下起了雨。总是这样的寒冷，总是这样突兀又顺滑地，被拽入到了今天之中，他们所最珍视的“现在”。

于是，现在是星期天，我想起一百多年前克尔凯郭尔所写的哥本哈根：“在街上一切是宁寂的，这是星期天上午；我很清楚地听见一只云雀在邻近的某一个院子中的窗户前鸣啭着，在那窗户里面住着一个美丽的女孩；从距离很远的地方，我听见远处的一条街上一个男人在叫卖着虾；空气是那么温暖，然而整个城市却像寂灭的荒漠。”

我还去了国家博物馆，那里有一只巨大的褐色骨骼的欧洲野牛，为猎人的箭镞所伤；有很多写有如尼文的石头，死去的女人的面容，黄金的十字架，陶瓷，劈砍与皇后偷情的改革家的斧子。不过这城市闻不到什么欧洲的古老和失落的情绪。即使是很古老的城堡，看起来也那么新。空气里都是番茄和芝士的味道，在最低矮的空气里和等红绿灯的街道上也能闻到，这奇怪的味道我花了好几天才辨别出来。我买了一本书，英文版的《安徒生童话》，厚厚的靛蓝色书皮上是烫金的拇指姑娘的图案，如果是玫瑰花就更好了。一翻开是《蜗牛与玫瑰树》，我为这个故事而哭。你觉得你像蜗牛，我像玫瑰树，总之是最后由我们自己所相信的东西，陪伴我们到尘土里去。

在小美人鱼像面前，我停留过两次。我并不觉得游人太多妨碍了她的孤寂，她永远是孤寂的，那透着黑冷蓝色的谜语般的生灵，从海底走上来，把永恒的东西延迟地暴露在现实中，在干燥的风和光下面，用忧伤浸满我们。我旁边有一对情侣，他们也坐了很久，那是一个过于矮小的南欧长相的女孩子和她高大的男朋友，他们笑个不停。他们轻快的声音碎裂在我思绪的四周。他们交谈的声音如海鸥窸窣啃食面包屑。

我回到宿舍，又想起你来。我洗了盘子，费了很大力气擦掉之前的人留下的油渍，吃了晚饭。这里的日子快要结束了，我在写论文的过程中又读了几页《我与你》，那朴素的、对称的语句是一种不会缩减的真挚，带着最大的音乐性。不知读德文，是否更能体会那投身绝对的关系时的沉郁的欣悦。

“Desire itself is transformed as it plunges out of its dream into the appearance. Every means is an obstacle. Only when every means has collapsed does the meeting come about.”（“甚至渴念也转换了自身，因为它已超越梦幻而转入呈现。一切中介皆为阻障。仅在中介坍塌崩毁之处，相遇始会出现。”）

最近，每个不下雨的晚上，我往窗外看的时候，都很想出门去，可是我要继续写论文呀。商店有的关门，有的暑期休息了。永远是这样安静，又不是乡下那种过于荒僻的安静，一个人在外面走的时候会听到四周楼房里响亮的咚咚回声。窗外是更多的窗子，透明的，然而紧闭着；我面向着它们，如它们面向我。那些窗户仿佛无数个白色的十字。我看见了：整理花朵的丈夫，点燃烟斗的老人，穿橙色长筒袜的女孩子。

你知道，大部分时候，我都并不“在场”，我可能完成着几天后要交的作业，也可能在一首单调的诗里回忆着过去；而只有这些时，在哥本哈根，当我眺望窗外，感到人生的“现在”，就完完全全地在我的手中，在我完完全全单独站立在世上的片刻里。只是我想抓住的是全部，却总是只能抓住四分之一。我等着你过来了，加上和你在一起、不用写论文的时间，就是四分之一了吧。

那么如果我离开，会怎么样呢？我的视线刚刚停住了，我看到了那里，就在门口，昏暗的地方，一双鞋随意地摆着，却似乎能让你看到它主人的模样。事实上，光线并不完全取决于光源，而是被事物本身强化。只是我离开的时候，无人知晓。知道的只是不在这里的人，与这个城市无关的人。就像你不能用时间定义时间一样，你也同样不能证明，我是真的在这里居住过。

乘　客

“山川面目，多为图经志籍所蒙”，这话很容易讲，但是很不容易亲身验证。我们做旅客，大部分时候都见到山川，却见不到图经志籍和眼中之景的切实联络，因为风景被切成点、片，且时间较短的缘故。徐霞客少年时有这样的体会，成为他不断旅行的初衷，而他为此付出的代价和回报都无法估量。遭到最严重的打劫时，他只能变卖衣物、靠人接济；没人送饭来的时候，就摘墙外的果子吃。至于陈渠珍发出“大地河山，一虚妄境界，非宇宙真实之本体”的感慨，真有些漫无边际，但确是他在出西藏之旅上历经迷途惨况的结果。恐怕，我们不曾在跋涉中被景物所欺瞒，就不能体会这置身浩渺“真实”中的虚妄感吧。

也许有一天我可以见到这样的景色，譬如雪落下来，一切无可分辨，只有侧卧的牦牛群起身，抖落身上的雪，才露出它们青黑的毛色。但大部分时候，世界都没有显示这般的伟大。我所见的，是加了牛奶白糖的墙面，布达拉宫在傍晚的紫蓝色天空下立着。第一次坐公交车从它下面经过，发出了很轻很轻的叹息。我们和周围的人本来没有关系。我们像蚂蚁，在超越我们的庞大之物脚下绕来绕去，而孱弱的身心也被它所紧紧联结维系。有时，庞大之物仅仅是稳定的社会规则本身，它如此稳定，找不到缺口，险些要了我们的命。

六岁，第一回出远门、行远路，我已经记得不很清楚了，因为当时对车和路的概念还是十分渺茫的。只记得终于到了三峡，一口气走完白帝山的石阶，快到山顶，还有些气喘吁吁，是一位背包的姐姐突然牵起我的手，鼓励我走上去。这是第一次陌生的人牵我的手，奇怪的温暖进入尚有几分怯懦的小孩子心中，或许后来对陌生旅客的好奇，就是来源于此。山顶的白帝城是认得的，在六岁能够读的有限几句诗里认得，建筑的艳丽而荒颓的荫翳令我迷眩。而在峡江里乘船，壁立千仞，人的眼睛无法只盯住眼前水面的一隅，而是向高处伸去。深绿的天地已经连为一体，幽深绵邈的山崖上只散落着悬棺的痕迹：是很深而细的一条条短线，仿佛让人看到，微小生命的尽头竟也有这样一线超逸的可能，可以化入自然而与日月星辰相接近。

只要不是太古怪的旅客，偶遇的听和谈，也很有意思。十六岁时的夏天，我和父亲坐长途车从怀化到吉首，我就坐在一位短发的年轻女孩旁边。她看上去像是普通的打工女孩，用不标准的口音问我借手机发条短信。短信发完，她也不曾删掉，所以我才读到了那句："辰子，我走了，我借了你三千块钱。"这几个字，对于十六岁的我来说，已经包含很多很多的兴味。虽然那时只是一种猜想——哪里真正懂得不辞而别和走投无路呢？女孩沉默寡言，一直望着窗外，车子贴近山体时，她默默地用力折下一条带叶子的茎秆，仿佛是为了纪念。我心想，她一定是敏感多情又不愿多说的人。而在车上，坐在另一边的恰好是爱谈话的重庆夫妻，他们正兴高采烈地向我们讲述大大小小的事情。其中一个故事是，一位追求者甚多的女子终于选定了她的丈夫：五月份发生大地震，平时几位"高富帅"追求者并没有在地震后询问她的安危，只有一位并不富有、相貌平常的老实人给她打了电话，也终于因此得到了她的芳心……他们俩喋喋不休，让人忘记坐车的乏味。果真有人是这样爱讲述的，即使是对陌生旅伴！直到半途，路途被一辆侧翻的货车中断，车子被迫停下，这种喜悦的声音才被打断。货车上的人并没有受伤，受伤的是运输的西瓜，西瓜们都滚到了路上，纷纷咧开大嘴，红红绿绿地接受烈日照耀。我们刚好就停在一座吊脚楼旁边，于是就走到阴影中休息、喝水，戴上当地人的斗笠。

我最不能忘记的是上一次在昆明，我和父亲坐出租车去机场的情景。我们的司机是一位留着乌黑长发的中年女人，她有栗色的皮肤、深深的眼窝、俏丽而浓的眉毛，是很典型的云南人了。她戴着墨镜，只是道别时才摘下——一对很黑的、有长长睫毛的眼睛，画着紫色眼影，很有波西米亚味，令我后来也一直很想再见到。她的嗓音很轻柔，有些沙哑，仿佛还带着小心。当她知道我们是武汉人，就开始打听："你有没有听说过一个人，叫张 ×× ？我们三十年前是一个工厂的，关系非常好，但是他后来去了武汉，就联系不到了。你们如果方便，可以帮我找找看吗？"父亲接过她写下的字条，回到武汉后，找到了那个男人后来的工厂，又问到退休的职工，果然再次接上了中断多年的联系。她好高兴，我们也是。我总在想，快三十年了，那是多久？比我的年龄还久啊，为什么这样惦念呢？她一开始怎么知道，要问问我们坐飞机去哪里？虽然这是一句平常的话，但是她对所有的客人都这样询问吗？我觉得这比《李米的猜想》还要让人感动。只不过，平平常常的等待，漫长枯燥的时间，总是文学的语言难以写出的。

在有限的经历中，最难走的一段路，就是去泸沽湖的山路。两百公里的距离，却因为地形和夏季的多日下雨，变得异常缓慢和艰险。从丽江出发时，一车的旅客叽叽喳喳、谈笑自如；差不多两个小时后，因为来到特别狭窄和多弯路的地段，大家已经不愿意说话，只有强劲的山风吹进没有空调的车厢，发出呼呼的声响。一路上我们都有些紧张，时而身临悬崖，时而需要在半个车轮几乎悬空的危险下会车。我们走了七个多小时才终于到达，快要到泸沽湖的那段下坡路，我们都差点儿要欢呼起来，全然不想后天的返程是什么景况，大概也已经不在话下。因为先前的艰难漫长，到了当地，眼睛就想要看到一切：云很清淡，灰蓝色的湖水反射着云，同样平易近人，并没有多么神秘缥缈的气象。四周人不多，奇异的水草在水下摇曳，根本不在乎什么游客的样子。我想到，千辛万苦的历程，白桦小说中遥远幽深的境界，在看风景的平凡眼睛里，也不过如此；约瑟夫·洛克可以为之付出生命的东西，那时的我也还看不出一点线索。俞平伯说，所谓中年的体会，大概就是人生也“不过如此”，并且这四个字，其实是“醰醰有余味”——我渐渐能想象那种道理，虽然这是泸沽湖后很多年的事情了。不过这句话，一定是在生活里过得轻松的人才说得出。说这话的人，也必定没有料到，后面还有更为浩大的风浪，从超乎一切个人的巨大海域向他们猛袭过来。

第二辑

譬如朝露

雨水纷纷不绝。萱草一夜之间开花又败落。这些纤长的明黄火焰，完全处在不引人注意、不受到重视的位置。走在大街上，人人都想买到更贵重的东西。心中那个胸无大志、无所事事的自己，也在几年间渐渐退隐到不为人知的地方，但她又呼唤着你，时时想让你把注意力从眼下的事务，转移到那无功无利的自然和艺术之上。

去法海寺时，是和南希一起。她是我一见到，就觉得已经认识的那种女孩，是如同我九岁记忆中，穿着白睡裙、蕾丝短袜，与我一起坐在地上看动画片的邻家姐姐。她是英国中部人，声音轻柔，亚麻色短发，蓝灰色眼睛。第一次见面，我们远远地坐着，笑舞台上那个滑稽的诗歌朗诵者。我们彼此瞥见对方的笑，就因为这个而知道，我们是要立即成为朋友的。

在法海寺，明代留存下来的壁画据说几乎没有修补过。

众人走入，黑暗一片，陆续打开手提灯，光晕如烟云腾起，我和南希惊讶于仍然湿润淋漓的色彩。除了水月观音，我印象最深的是那六朵牡丹，有粉黄色也有红色的，开放程度不同，分别代表生命的不同阶段，回顾一瞥，譬如朝露。

我们曾经非常想走进那个所谓更男性的领域，通过占据男性的友谊和情感进而占有美与世界的真实。而现在，我们曾经以为了解和熟悉的东西渐渐疏远，过去的底色显露出来。我说，北京的太阳太厉害了。她说，是啊，欧洲女孩子夏天都喜欢把柠檬涂在头发上，这样可以让头发吸收更多的阳光，颜色变得更浅。我笑，褐色头发不好看吗？当然也好看的，她说，还有红头发，更少见的红头发。

她和我一样，我们都不是像罗伯特·奥特曼电影里那种会竭力打扮、存钱买微波炉的女孩，因为我们并不需要这样，从小受到的教育也使得我们不会这样。然而，我却常常很想成为那样的女生，她们有切实的满足，并且不容易为自己所做的任何努力感到羞赧。

三十年前，母亲在美国时，总是看报纸上征求照看小孩的广告，周末去别人家里看小孩。她说，这样既可以赚一点零花钱，也可以练习英语，同时打发时间。人家约好的出租车载她过去，到了时间又把她送回来。美国大城市的繁华一次次展示它多重角度的面孔。商场里当时国内还很少见到的玻璃旋转门，不会熄灭灯光的夜晚，家家户户的花朵和银质餐具，如明灭的星火爆裂……对她而言都是新鲜的，于是她用自己的第一台美能达相机留下了那么多照片。我很好奇，她怎么以前几乎从不提这些细节。她说，她照顾过一个很小的小孩子，有次说“pee-pee”——那时她整天跟实验室打交道，还不懂这个口语字，结果小孩子过了一会儿就尿裤子了，她只好把弄脏的一切又换洗一遍。

我知道，我还是多少和她相似的，在完全陌生的人家却觉得安稳。多少生疏又亲切的物件，动物形状的牛奶饼干，有蓟草图案的桌布，晶晶亮的圣诞树，还有那些古旧的耳钉串珠……我摩挲着它们，从母亲的手中接过那个我出生以前，尚有无限青春生机的光亮世界。她所抛弃和遗忘的光亮世界。我对朋友说，你看，这镂空叶片状的铜汤匙，三十年前用来盛蛋糕，多么别致。他说，那是一去不返的好年代，人人讲生活，讲情趣，过得体面，你看现在，美国又是什么光景。

去年秋天，我刚刚回到这待得有些乏味的城市，着手找工作，暂且住在一间民宿。刚入住时，一进门，屋子没开灯，竟有一只八哥扑棱棱飞落我头顶，令我惊吓。不过后来，主人把它关回笼子。于是我有了一个发出奇怪声音的活物每天陪伴，觉得很好玩。这间屋子，阳台摆满绿色植物，晴天的灿烂光线就透过叶片充满客厅。我坐在落地窗前看书，索性放弃焦虑，抱着未来随便要去哪里的放任心态，晚上照样去魏村喝咸奶茶。北京的马路宽阔到荒唐，东边更是如此。我走到商厦里，却是旧的老的面孔和物件，是我在武汉时很少去过的那种老百货。转来转去，买些口粮，流下汗来，回到民宿才安心。

白天，其他住客往往不在，正好邀请朋友过来聊天喝茶。由于天气总是晴朗的，屋子里采光太好，莫名其妙充满信心。回想起来，很少有比那段日子睡眠更好的时候。在民宿里，另一个客人是一位长得像东欧人的年轻男人，他总是穿着很长的呢子大衣、西装，戴着毡帽，领带一丝不苟，皮鞋非常干净，加上神色严峻、行色匆匆，我不免猜想他在何种保密行业工作。我发一会儿呆，就继续翻译，烧水泡茶，吃威化饼干。就在这样的小事上，我消磨了许多时光，于是不十分感觉到生存的焦虑。

是啊，快乐就是拥有这些无人知晓的梦。无论他们将这些事物多么改变折磨，都不会完全消除历史的细微行迹。在智化寺，你坐在异常高大的丁香树下，也可以做同样的梦，如同那几张难得见到的二十世纪三十年代的黑白照片。当时的智化寺陷于破败荒颓，却仍然透露辉煌气息，一切影子深刻分明，是北方常见的光线作用。门紧闭着，松散的桌椅睡着，仿佛无人留意，却又兀然高妙，帝释天和大梵天塑像上的衣饰虽然灰淡剥落，仍然可见往昔的繁复斑斓。我一遍遍笨拙地描摹着这些建筑的线条，想起了孤单的十七岁，去旧书店收集些父亲不会十分赞赏的玩意儿，看被人抛弃了的明信片上的藏地擦擦泥佛。我试图把握它们的轮廓，那些笼罩其上的灰尘和汗水。我知道，它们的影像会一次次复生，而曾经在学堂里读过的干枯书本却在我心中一次次焚烧尽净。

我走在灰白的大路上，在北方雨后的潮湿里嗅寻像南方家里的丝丝缕缕的痕迹。一百年前的他们寓居在这里，也是如此想象吗？多年前丢失的《世界童话故事选》，最近失而复得，翻开内页，眩晕迷离的空气再次扑来。我并不知道，这些影响了我们的作者究竟是谁，对于两位译者也所知甚少。只是感激他们，将人类心灵里最无法解释的根深蒂固之物，以一字一句的英汉字词相照应，镌刻于微薄的纸页。我心里也会对五妹，对南希或者德米说，你也懂得这一切，生活并不灰暗陈旧，却因过去与将来回忆掩埋的宝物而熠熠生辉。对我而言，你也是失而复得，可以让心激起波澜，又复归平静，如我每次黄昏时从武昌回到汉口，坐双层巴士经过长江，在大桥上见到的景象——夏日渐渐弥散的氤氲水汽中，光彩一点点移动熄灭，从小山上的长春观山门，一直到晴川阁，就在层层潮水般涌现的绿色草木之中，如迟暮的美人拢一拢她的云鬓。

夜与日

白天的时候，一切明亮，寒冷可以忍受。到了傍晚，所有的北方城市都像冻上了似的，比如哈尔滨，天空蓝得像冰块，风也像铁片一样钻进绒衣。好不容易走进马迭尔餐厅，有一个棕色头发的小个子男人在拉小提琴，竟然是《菊花台》的旋律。我手里还拿着冰棍，据说是来到这里便一定要吃的，可是太冷了，该怎么办呢？于是一边喝着热气腾腾的红菜汤，一边把冰棍吃下去。

可怜的冰冷的黑夜，伟大的冰冷的黑夜。仿佛又是那个旋律，在我耳朵边不停地唱着“silent night，holy night”。那是在台北地下通道里，一位有些智障的斯拉夫人靠卖唱乞讨为生。从夏天到秋天，他总是用厚重却空洞的嗓音唱那些不成调子的莫名其妙的歌；到了圣诞节前几天，他却开始唱这首*Silent Night*。我像往常一样经过，那一天听到，却一下子涌出了眼泪。

早早结束了游逛，第二天睡醒，再次踏上中央大街，进了另一家俄国餐厅。手风琴断断续续，或许老板很久没拉琴了。那是我再熟悉不过的《红莓花儿开》。装潢的每一个细节，每一个雕刻的转折，有时会有人来欣赏，不过人不会太多吧。阿尔丰思·穆夏的幽灵，好像回荡在模仿他手笔的壁画上，狡黠地在某处打量。一笔一画，每时每刻，所有木头的边缘和孔窍都被蓝色的寒冷所浸泡，又被温热的白光所注满。这一切都由餐厅老板亲自制作：他的音乐、装饰、器皿和他孤寂的时光。我漫不经心地闯入这件出自心灵的作品，离开时又是如此小心翼翼地退出那些看不见的、金子般的蛛网：最无法与历史所分享的自矜之喜和最无人见证的辉煌才华将我们自己固定于不可褫夺的幸福。

那么你们呢，你们这些低矮的巴洛克小楼，曾经充满了珠宝、金条，标记着红星或者十字架……也一定见过最辉煌的一刻吧？外墙上赭红色和橙色的涂料已经变成残迹，提示着未来剩余的日子零星可数，而过去的记忆，反而开始变得一望无际。人们摇摇晃晃地走进小店，又拎着列巴、蔬菜和鸡蛋摇摇晃晃地走回去。我也是他们中间的一个。低温下，手机迅速地用光电池。我就坐进室内，为了暖和，也为了充一会儿电。我有些着急：太阳很快就要灰败下去了。

冬天太阳落下去以后，我就不想一个人出门了，我不想一个人坐车去北京的郊区，也不想离开艺术家们的工作室时把那沉重的铁门拉上。走出这村子的一条小路，到处是灰尘和生肉的气味。在困倦中，我贴近每一个半陌生的人坐着，因为每一个半陌生的人都是一种节日。节日的晚上，在长桌上拿起刀叉的手，也是那些冻伤了的、洗菜切菜的、刚刚擦干转身就要拿起画笔的手，令人感觉亲切的手。人们怎么会不相互依赖？从那些狂吠的大狗前面走过去，我当然害怕！记得一个晴天的下午，从供暖不足的工作室里出来，就走进了直射双眼的冬日夕照——不远处的高楼仍然可见，但城市的喧响已经无法听到，这才发觉来路迷离无可捉摸。到了夜里我就冲洗头发，从头发里落下来的细沙让水变得混浊，却因此带给人无限洁净的感受。每一种改变与折断都提醒你，你不是麻木的，你不只是一个唯独体会到自身需要的灵魂，而是充满了感受，充满了毫不相干的思绪和无穷无尽轰鸣不已的寂静。

就算城市最热闹的地方吧，到了晚上七八点，也显得那么安静，小路又细又长，霓虹灯像醉汉似的扑闪着眼。好几年前，刚刚拿到一笔微薄的文学奖金，我就冲进我早就想去但价格昂贵的莫斯科餐厅。大厅空旷，桌子很小，桌布、椅子垫、高大落地窗的窗帘都是天鹅绒做的，每一个细节仿佛都有价值。四周人不多，即使有人，我们也全忘了——我们怕以后不会再来这家餐厅了。快吃完的时候，就连汤匙和小罐子也发出惊心动魄的声响，它们好像就响动在自己的体内。几年以后，我又发现东直门的一家俄罗斯餐厅。那里有种蛋糕名字很好，叫“night and day”。第一次去也是冬天，寒风瑟瑟，适合甜食，但当时这款蛋糕已经卖光了。第二次去是两年后，运气太好碰上了餐厅停电，餐厅里客人们还在错愕地坐着，只好转头去了附近的另一家俄罗斯餐厅。是呀，几天之内，整个城市变得闷闷不乐，人们却仍然在大快朵颐。第三次去，终于吃到了这份“夜与日”。其实它的滋味没有我所期盼的那样难以忘怀，只不过完成了一件本来已经忘记的事情。这是一个非常暖和的餐馆，有褪色的暗纹桌布，彼此挨得很近的方桌，东欧风格的嵌板和黄黄的灯光。我们曾在那里坐着，发出大笑，隔着玻璃窗，外面的行人其实是可以听见的。

每一个日夜都有不平静的、不可控制的事情发生，但这毕竟是我们的日夜——每一个过完了的日子，究竟是不是我们的呢？我走下楼去，萧红曾经住过的东兴顺旅馆在雪中变暗，好像许多风景依旧是老样子。雪落了下来，有一些停在我的睫毛上，有一些融化在我的头发里。看起来，在哈尔滨，人们仍然努力把自己打扮得漂亮；而在北京，人们似乎已经忘记了打扮。但在每一间俄罗斯餐厅里，人们原本就是漂亮的。举起小小的酒杯，中国变得又亲切又陌生了。在大都市而不是在荒野中度过的白天总像一个平庸褪色的梦，而我们的夜晚，是在过去众多世纪的音乐、交谈、语句所留下的幻象里燃烧殆尽的。

夜幕

记得小时候，院线每年总有两三部好电影特别值得盼望。也就在盼望间度过了一年，中间会惊喜、满足，也会有失望甚至愤怒。时间推移迅速，是在二〇〇九、二〇一〇年以后，就发现院线里几乎不太有好电影，就算有，也是飞速地被下线，被更多花里胡哨、让人光看名字就倒胃口的电影所占据。

在北京的七年时间里，差不多有四年，不时地跑电影资料馆，认识了真正好的电影。从学校坐地铁不太久就到了，那条窄窄的文慧园路，不知道走了多少遍。没有多少吃的，每次都去旁边的小馆子吃生煎包，再喝口茶，就到了要进影院的时候了。票价大都是二十或四十，算得上亲民的价格。不像戏剧、音乐会，实在太贵，而且我也不大欣赏。

去资料馆，要讲究时候，总得不早不晚。去得太早，精力会被闲聊或者旁的事物消耗一半，自然不利于看电影；去得太晚呢，就有买不到票的危险。虽然大多是文艺片，遇上周末或者太有名的导演，也难说（万一白跑一趟，就只能去小岛上复建的汇通祠溜达一会儿）。应该不早不晚地过去，心情急、事情多就坐无趣的地铁；要想悠闲的话，就坐上公交，吹一吹夏秋季的晚风，夕阳刚好打在身上，明晃晃的槐树、楝树叶子干净透明得不太真实，可以说是为观影做铺垫了。

大多数时候，观众也不过一半或者三分之一，有人气，又不拥挤，算是刚好。有时候，把座位买得太靠前了，就仰起头，适应那巨大的银幕，也别有滋味。看维姆·文德斯的《咫尺天涯》就是这样，杂技演员和天使在空中飞动，当旁观者和永恒者内心的河水冲决，全身心投入真实人间的一刻，我们的内心也跟着颤抖。

除了两三次不走运，身边坐着恼人的、吃油炸小吃的人，其他时候都很安静。不太会出现太小的孩子，更不可能有爆米花。若是身边根本没人，就盘腿坐在软和宽大的座椅上，一点也不会觉得局促。恰恰是这种银幕大、场地也大的空间，最令我们着迷。《地球之盐》是一部叙事史诗的“影集”，只能在电影院看。《人类》，要看的是细节，每一个毛孔和表情，也只能在这里看。

因为银幕大，也着实有些“升格”的效应，不那么伟大和完美的影片，也会变得更耐嚼、更有味一点。人人说奥利维拉的《弗兰西斯卡》乏味、多余，恐怕还是没有在影院里看过的缘故。在资料馆放映厅里，我们得以完全被包裹进黑暗，银幕上的动作仿佛都舒缓了些，摄影的考究细腻完全展现。对于不太了解葡萄牙的人来说，也能感受到几分不可替代的情致：在每一件衣服、每一块帘帷、每一件有灰尘感的小器皿里，迷蒙而哀艳的色彩细节徐徐铺展，情绪的褶皱和叹息的姿势一一展开。电影的神奇之处就在于，你也许不会以不属于当下时期的语言风格来写作，却完全可以用不属于流行风格的影像来表达。观看这部电影，那十足十九世纪浪漫主义的、带着点诡异和辛辣的风味，特别是深林中反射粼粼月光的白马驮着私奔少女的景象，竟一下子把我带回到那本遗失了的、小时候钟爱的哥特故事书里——在那里面，古井下的石阶还在不断延续，骑士的忠言也在继续守护着好运，只是它们都已经把我抛在了大人的世界，没办法再来找我了。

这么大的京城，真正来看冷门文艺片的“文青”面孔，似曾相识、似是而非。其实也确实遇到过几次熟人，好在常常是没有真地打招呼——就算碰上了，偌大的放映厅，不待他走过来、你走过去，场子就散了。这样仿佛也多了点隐私空间。要是刚在这么大尺寸的震撼里感受过一段奇异人生，就立刻要和突然到来的人寒暄，确实是不大适应。

选片子自然也是讲究的。要去大银幕看的话，心里总是得有把握。我不讲什么情怀，也没有嗜好一位导演到用金钱来发痴，所以总是去看以前没看过的片子。看之前，把片单筛选一遍，这过程也是种乐趣。有时候挑的片子，要选人同看，选得好、合口味，也是再好没有的往来方式了。《罗塞塔》《罗尔娜的沉默》，都是和 W 同看，《洛可兄弟》是和 L 同看。一个人的气场和喜好，总是不会磨灭，洗也洗不掉。记得看完《罗尔娜的沉默》，我们心情又沉重、又柔软，沉浸在达内兄弟很少使用的配乐里。达内兄弟对于女性心理的贴近和理解，已经到了一段新境界。夜幕深深落下，一段路绝不会枯燥乏味——总是拼命想要向对方说出本来不容易说出的感受，一下子就到终点了。

也有几次是自己一个人去看。看《寒枝雀静》，从第一个镜头就开始了讶异，音乐和画面仿佛在体内嘶叫，直到一个人走出影院回到房间，也久久没有消失。看电影时，因为没有人在旁边，可以不加顾忌地哭泣，绝不是因为悲伤，而是因为感慨：尽管人类之种族施加过如此多的伤害，但他们的内心，竟也可以包纳对同类的如此多的同情，如此宽阔而寂静。它让人感到，所谓虚幻之物和艺术工匠的劳作，不会因无用而被废弃，反而在每一个更新的瞬刻而变得更加不可思议，反而让每一个试图占有而终究逝去的细节更加值得尊敬。“我之所以为我者，岂不多半在性情和癖趣上面？”在这个所谓多元、有生机的城市，我们这帮朋友，最惦念的就是这一点。

天地一沙鸥

我写过艾芜，因为羡慕：他早在和我年纪相仿的时候，就流浪过那么多地方，遇到过那么多人，做过那么多原本不会做的事。一开始是他自己选择，后来却变成带着被迫求生存的意味，最后又被他转化进主动的意念和斗争里去。尽管那些旅程也包含误解、夸张和渲染，但是浪漫的心，是永远不会为单调的现实所限的。我也认识这样的朋友，K。李察·巴哈的海鸥，不害怕飞行的动物，在空气中不留下印迹，但是他总是造访我们，给我们带来远处和高空的消息。

几年前的傍晚，我就站在地铁站旁的咖啡馆外面等 K 出现，毕竟外面卖的咖啡并不便宜。戴上防霾口罩总是无法呼吸，所以也只能这样放弃了最后一点防霾措施。手脚都快要冻僵了，K 才骑着车抵达。他仿佛不怕冻，或者是，不得不抗冻地，穿着那件经典款式的棕色皮夹克；脚上还是那双帆布鞋，已经磨破了，和我第一次见到他的时候一样。记得最早的时候，一堆朋友在一起，K还很害羞，但是为我们表演咬头发，自然有种可爱。他既喜欢女人，也喜欢男人。

我佩服一位读者的好眼力：她读我的诗，认为能够在交谈中谈到“桌子上放着猫叼来的小鼠”这句，只可能是非常好的朋友吧。的确，我们就是谈着他遥远家中的猫和小鼠，慢慢走进那些寒冷枯涩的街道的：他的住所，就在那一排排逼仄而重复的中国盒子之中。昏暗狭窄的楼梯几乎不能并排行走，一直向上延伸，不像我记忆里的任何一种——除了十几年前，姨妈家里的那条楼梯。六岁时，也是一样黑暗陡峭的楼道，我擎着那喷洒着厚重香水、有浓烈人工香味的婚纱裙角，陪表姐走下楼去，离开她生活多年的娘家。年轻的表姐有令人惊诧的美丽，而那裙子竟然那么沉重，我担心它随时都会落在楼梯上被弄脏，好不容易在危险与紧张中完成了护卫裙摆的任务。

K的房间里有橘子的新鲜香味。看起来真不错，既有摆满了书的书架，也有线香、音箱、酒、矮沙发和光线柔和的落地灯。我们都怕冬天开着暖气吃许多橘子会上火，但K是外国人，字典里没有“上火”，或许也就不怕的。我们一起吃了很多。喝红酒杯子不够用，就用刷牙的杯子。K的室友卢娜看起来不太高兴似的。K 告诉我，那是因为他赚到了更多的工资，但是却不用付更多的房租。红酒和香烟，就是他平时生活最大的奢侈品。

室友知道我们在客厅吃饭，就回到了房间里。四周安静极了。小时候，我也总是这样，待在别的孩子家里，和他们一起吃饭、画画，画完了剪下来贴在窗户上，即使一言不发地看书，也不愿意早早回到父母在等我的家里，仿佛那里有天大的负担和束缚。吃完饭，我们就吃巧克力，两颗费列罗躺在木桌上，好像很乖巧，也很孤单。甜蜜的滋味留在口中，以前是觉得稀松平常，而后来在苦涩的心情中却觉得要格外珍惜了。金箔纸被我们折来折去，最后只剩一点点皱巴巴的反光。又学习卷烟，我总是卷不好，一年后才有些进步。K 却早已熟练，一眨眼就卷出完美的半透明圆柱。有天晚上，我们边走边抽烟，他说，他的母亲教导他，边走路边抽烟是不好的，只有妓女才那样做。我们都笑了。这些禁忌都是哪儿来的呢？譬如我的父母告诉我，女生不可以吹口哨，也不可以把手插在裤子口袋里。

K 有很多有趣的习性。他一点也不喜欢足球，而且一点也不喜欢煽情的东西，但他自己一个人读书时，却容易动情哭泣。他还讲到在柏林坐地铁逃票的事情，不过后来我去柏林也没有胆量实践。被查到就会罚很重的罚款，所以听到这种做法，我反而觉得K有些勇敢。有天晚上，我和几个平时乖乖读书的女孩子一起在一个酒馆的露天区域喝酒，结过一次账以后，又加了好几杯。最后，我们默契地一起逃掉了，想起来还有些好笑。那是第一次，也是唯一一次喝“霸王酒”。刹那间，我想起了K。他已经在另外一个城市生活，仿佛这件不好的小事，也可以用来表达一点对K的纪念。

那个冬天，因为雾霾，我们都感冒了，而且一段时间病得厉害。这种灰暗天色是不同于武汉的另一种灰。时间再往前倒退，我就想起了在武汉的时候。他去找另一个旅伴，我们正好也在武汉相见：是阴雨的夏季，长江边的道路斜斜地下沉，行人是那么少，天色很灰茫，公交车在蓝色的空气里闪烁明黄色的灯光，很像我家里人留下来的二十世纪八十年代在北美拍的那些照片。他告诉我，另一个时区的朋友们散落各地，在狂喜和出神之后，选择了另一种无望而安稳的生活。他们就生活在我原本要去的那个陌生城市——K的妹妹也在，她很美，据说也很擅长照顾人。他本来打算让我去找她，我最终也没有去。他给我看朋友们做的杂志，很漂亮，但不知道下一期什么时候会出。

快要离开这个校园的时候，想想留恋的地方，其实很少。能够把众多破碎无味场景串联起来的，咖啡馆应该是很重要的一个环节。最近，也许只是暂时，泊星地咖啡馆已停止使用现金和银行卡，取消了会员制度和打折，来的人越来越少了。曾经，我甚至愿意认为那就是我们的“花神咖啡馆”，好像是为了给自己一个留恋这里的理由。它不仅便宜，而且自在，在装潢陈旧却素净的环境里，只要端上瓷杯子咖啡，仅有的光从窗户渗漏进地下，绝望的冬日也会好转起来。上个学期最后几个月，咖啡馆里开始摆很多鲜花，球菊、桔梗、康乃馨、百合，样样都很娇艳，似乎一切都要变得更好了。然而就是这么一点点的变化，使得从前的氛围与痕迹一扫而光。就是那么不相干的东西，一些荒诞而庞大的机器的运转与颠簸，让微细的生活发生不可见的剧烈震动。我们并不完全清楚，是什么力量让如此迷茫的个体做出决定：每一个决定都仿佛为秩序带来断裂和伤害。

我还记得某天，K 从这里走出来的样子。他正踌躇着要去哪个城市，要做什么工作，因为他的母亲正担忧着深重的雾霾。不过，K 却总是很兴奋似的。他将要认识完全陌生的人群，将要住在可能会被驱赶的地方，将要再次适应新的食物和语言。他正在失去他的年龄，失去那些过上室内生活的朋友。但当我说出那些对这个世界毫不重要的、琐碎的、完全个人以至于我不好意思用来占据时间的事情，他灰蓝的眼睛还是会闪出光芒，仿佛告诉我，一切的想头都值得挂记，值得争取，一切的幻想都值得谈论并且悄悄孵化为现实。即使是那么荒诞无望的爱，也终究在证明，除了斗室之内的读书写作，自己对于外界最为不舍的感情。

枣糕、灯光和烤鹌鹑蛋

我们的树没有了，小街没有了。我和晗，又欣喜，又失落，汗水从身上流下来。于是我们就走到枣糕店，买一块枣糕。她说，她以前不高兴的时候，就常常在这条街上买蛋挞吃。

那时是夏天，到处是槐花的气味。好像刚刚下过小雨，一些槐花粘在地上，德米、我和二哥一起骑车轧过去，有细碎的爆裂声响，像小刷子刷在我们心上。德米来到北京，好像是天大的喜事，因为我知道，德米过一阵子就要和我“逃亡”——去喀什了。德米是和我要好的“姐妹”，他喜欢男孩子。三个人继续骑车，不断变换前后次序：如果是比较繁忙拥挤的道路，男孩子在前面带路；而在比较宽敞空旷的道路上，我就可以走在第一个，视野开阔极了。我们穿行在北三环和北四环的大街小巷，把本来毫不相干的明亮店面、少男少女、酒醉的人、骑电动车的人、几只狗、路边的野蔷薇和带有香味的风联系在一起。

我们还坐进那些封闭不透风的小房间喝奶茶，打开落地灯，发现黑魆魆的空气里只有我和晗两个。我们不加选择地闯进一家不合时宜的火锅餐馆，虽然热得汗流浃背，但还是在四周红亮火锅的热气包围下，拿出了杰克丹尼，兑雪碧喝了起来。我们写几天论文，就要停顿一会儿，出来散心，可见那是多么头痛的事！

天彻底黑了，我们就一起钻进破败的小巷，看那些低矮的、弯弯曲曲的电线，把天空的视野切得破破碎碎；看路边的垃圾堆，可怜的、弹簧露了出来的旧沙发，竟让人有些想家；看另一家酒馆里贴满了一墙的旧报纸，二十世纪七十年代的广告明星在上面夸张地大笑着，紧张而欢乐的冷战气氛从这些美国报纸上渗漏下来。

那些大大小小的秘密，那些不会同别人讲的细节，荒唐而僭越，彼此都断断续续地讲了出来。就在描绘、理清和重述中，许多自己难以原谅的事情，也都渐渐原谅了。不唯如此，更多的是谈天气，谈音乐，谈刺绣的花纹，二十年代的大小作家，还有曾经见过但十分遥远的花花草草、坛坛罐罐。我们并非不忧虑、不愁闷，但是只有这样，才能忘记了关于未来的忧虑和愁闷。

如果是坐在酒吧外的木桌上，就会感觉我们和窗户内恍惚旋转热烈喧腾的人群若即若离。晗总记得带来一盒炫赫门，燃起纤细持久的火。大家渐渐长大，没有大喜大悲，忘记了流泪的滋味，只剩下劳累和休憩。我们撕下一小块枣糕放进嘴里，得到了孩童时所体会到的莫大满足。出游的时候，我们也总是这样吃着在“巴依老爷”买来的甜点，可是“巴依老爷”的甜点已经不卖了。原来昨天发生的事情，也可以被称为回忆。在客车上，我和晗从袋子里拿出装糕点的小盒子，吃完又放回去。迷蒙的阳光熏得我们睁不开眼睛，就这样打起盹来，脑袋撞在车窗玻璃上。晗的父亲发来打油诗，惹得我们笑个不停。如果是在晚上和人坐车，往窗外望，就有一对影子，是两个“我们”。那时，我读到的书，也恰好写到了两个主人公并排坐车的事。多么奇怪，书中写到的故事，都可以成为自己的故事，而且越看越像。

因为我孩子气的恳求，因为我要去找自己一心想找的东西，即便是很远的距离，即使要乘飞机，德米也答应同我一起前往。在喀什夜市暧昧的天色之下，我们坐成一排吃加了厚厚胡椒盐巴的烤鹌鹑蛋，仿佛在老家二十世纪九十年代的情景。光是滚烫的口感这一点，就和大多数的西方菜肴和小吃区分开来，也成为人们在夜市上得到欢欣的一大源头，毕竟在美味与健康方面，夜市食物本来就不尽如人意。可是我们来到这里，也正是为了坐在一起，说那些只有我们可以听懂的话，那些即使别人听去了也不会明白的话。

小劫六朝灰

那时刚刚搬到自己的房间，每天面对菜场厨房和地铁，根本来不及思考生活与命运。虽然决定一个人回来这里工作，心是有些硬的，但是庆幸自己离开了窒闷的学院。还有一帮头脑正常的人可以交谈，已经比行尸走肉的日子好得多了。直到在芍药居住得忍无可忍，就搬家到了柳芳。是我先前住过一阵儿的房子，在不靠街的小区里，房租是贵了一些，但能得到安静和距离。这里是一个被前后繁华地带所忽视的飞地，社区保持老旧的面貌。进入十多平米的屋内，尘世中人马南来北往、街边的狗屎、卖花的女人、左冲右突的公交、把我撞倒的电瓶车、年复一年徒劳散发传单的人，就暂时和我无关了。

东部的北京，开阔、爽朗，也粗粝、寥落，坐上公交，不用多久就能抵达近郊，参天的白杨笼罩宽阔无情的马路。这时你随便走到一个饭馆里，那些生疏的服务员会带着抱歉的微笑看着你，告诉你这里不用消费，也可以坐着喝水等人。因为他多少和你一样，是一个居无定所的外乡人，对那巨大的城市机器一知半解，他也乐意让你来这空旷的餐厅里坐着。

雾霾天便打开空气净化器，晴天就把窗子开着，很少有蚊虫进来。窗台上一排花，时时浇水，也没有多少感情，只是为二房东所尽的例行的义务。

大部分的晚上和周末，还是在家整理家务、读书写作，或者完成自己找来的各种零活，一个月若能多收入几百元至数千元，也是很大的帮助。得闲的时候，我也出门，或者去一位女友家里，喝她自制的加了黄糖的奶茶，看她辛辛苦苦养的海棠、石榴、无花果，和她一起下厨。这样的时候太少了，我们分别时都很舍不得。

虽然后来停止了喝酒，但我依然觉得与人见面，在酒馆最好。北京的外国人和上海的外国人非常不一样。北京的外国人是直接的、热忱的，对你的喜欢与不喜欢都写在脸上，又很少有过于骄矜和造作的气质，不自觉地融入北京的腔调，熟悉不熟悉的人都能搭上三两句话，也爱吃烤串、火锅，喝本地啤酒。酒馆、咖啡馆里往往成群地坐着三五个到十来个外国人，总是热烈地讨论着什么，而很少像在上海，一个两个地坐着，看起来毫无目的，而且也不太有话说，只是慵懒地发呆。这也是因为上海有许多露天的场所，似乎适合涣散的眼神；而北京的气候和风沙决定大部分交往都只适合在室内，餐馆酒馆很少能朝外敞开。

我以前最爱去的一家酒吧现在已经不在了，那里采光很好，冬日能坐在窗边看院子里冷落下去的白色夕照，等天黑下去，我和同伴就会打赌，远处某一桌谈笑着的男女到底是否会接吻。我们为这样暗中进行的无聊游戏感到愉快，无聊的时刻太短暂。那里有个服务生，因为他的外貌，我们给他起绰号叫松鼠。松鼠戴着眼镜，看起来和我们年纪差不多，做事显得稳重。有一次我和两位英国朋友一起去那里喝酒，从四点聊天到十一点多，结账时发现喝了六七百块的酒，我们都不相信，一样一样地算，到头来也只承认账单中的三分之二。松鼠劝我们不要辩解，一定是喝得太多，我们自己记不清了。我坚持不答应，于是还是按照我们的数字结了账。后来还是常常去那家店，松鼠总是待我很好。再后来，我和那位曾经亲密的同伴不再一起喝酒，但是我们会发信息聊天，回忆松鼠，松鼠的笑脸，让人感觉世界并不全是丑陋。

在微微雾霾天，还有十几个人愿意坐在室外，听人讲一次内陆旅行中的事，古老的白马秋风，还不时在人们的言谈中隐隐浮现，这大概只能在这个城市发生了。在街上散步，常常想起要回家翻找《帝京景物略》。讲座、沙龙的主人也乐意引用这部书，为听讲开头。听完了讲，路边转角可以买山楂糕、栗子糕，都是谈不上好吃的北京吃食，但是这里的物质生活太干枯了，也只能在这些事物上面感到些许柔和度。普通人的胡同和院落杂乱破败，却能种着明艳洁净的绣球、白色菊花，令人想起城市一百年前的一面。不像上海的区隔那样分明。无论何种阶层，都躲不过要穿越这些街巷，连故宫也像是一个放大了的院子，坑洼处照样坑洼，幽暗处照样幽暗。特别是冬天，乌鸦一叫，整个城市就连在一起了，声音一层层辐射开去，王孙贵族和平民百姓，心里是一样的尘土色的忧虑寂寞。胡同里的小便利店，卖中国的酸奶、酱菜，也卖西洋人的奶酪、面包。有一位游历过欧美多年的朋友，曾有一次见面，他指着小店冰柜里的各式奶酪，告诉我哪一种好吃，哪一种纯粹，仿佛他大半生的记忆，都在一条狭仄胡同里的昏暗房间内得到了验证。

当我离开的时候，我偶尔想，如果有什么值得赞美，那就是，虽然有诸种局促，但是在这里生活，就是在和那种无问题的平面的生活对抗。不知从什么时候开始，我内心暗暗羡慕着茨威格的人生，他几乎很少为生计发愁，在艺术和文字中长大，认识了想要认识的人，领教过赞誉和谩骂，为了自己的信念而平静赴死。我们不再能够见到那样的一生，有所负责，又有所脱离。“长留一片石，小劫六朝灰。”我喜欢舒位的这两句，读起来，仿佛还走在黄昏空旷的社稷坛旁边。不知多少次，我以一个外来游客的眼光打量这五种颜色土壤映射着的低沉蓝色光线，那是深渊的中心，永远是最寂静的，仿佛鲁迅的黑色人发出声音了，“幸我来也兮青其光”。

过城门

那些在烈日下映现昏暗棱角、曲曲折折，弥漫鱼虾躯壳气味的巷子，那些回族人民留下的漫漶石碑，曾经抢占最佳地理位置的英国人留下的拉毛墙面的建筑，还有被蒸得热烘烘的红屋顶的房子……这是我个人的旧大陆。长期在北方居住，但我很少梦到它们，因为我甚至很少见到它们。

或许有一天，发现自己终究浪费了人生，大概会安于观看这一团潮湿暧昧的光。在道路的表面，楼宇店面时时变更，时时焕新，但街巷深处在几十年间却几乎未曾改变，只有存在了多年的裁缝铺已经搬走。上次我去改衣服，裁缝一家三口开着电扇吃花甲，女主人一边查看衣服的袖口，一边叹口气说就快要不在这里做了。穿过一条很长的窄街，街边种满构树，这种叶子最有影影绰绰的姿态。吹着若有若无的江风来到岸边。在对岸的公园里，会有年老的萨克斯手仔细翻着谱子，带着他的小音箱，在莲花池边上认真地吹奏几个圆滑的调子。

所有这些街道都彼此相连，很少会像在北京那样，好像某个固定的区域可以与周围无关，必定从属于某种功能。在汉口，一切都在流动，在很小的时候，离家不远有一条巷子直通到书店。读了半懂不懂的书的一个晚上，走进浓深的夏夜，一个穿黑衣服的女人戴着耳机，她夹着烟，伸展开修长的手臂，沉浸在她看不见的音乐里舞蹈。那时我跟在她后面，像是跟着芳汀，或者危险的秘密。

茶叶、盐和毒品，也是通过这条水路源源不断地来到这块近似飞地的都会聚集的。城市的血管就这样贯通起来，有时是这些垂直的而不是平行于河岸的长街更加重要，因为它们联通了河流深入土地的力量。这城市的面貌，在道、咸、同、光的年代已经基本塑造完毕，我家所在的那条河被张之洞填平，才有门前这条大道。汉口开埠后的西洋建筑，在整个中国看来，也算得上比较古旧混杂，繁乱炫目，更多反射橙色光辉的红砖房子夹杂在古典风格的灰砖房子之中，带骑楼的商铺和文艺复兴风格的洋行大楼比邻，匹配得上这地方的热烈性格。有一天我又从骑楼下走过，一个典型的武汉女人抽着烟对她的同伴说："这一生一晃就过去了，一晃就过去了！”不要看这感叹好像是停顿和颓废的语气，其实和她们急匆匆的劳动并行不悖。汉口人要做的事往往立刻就会去做，若是不做，大概一辈子也不会再拿起。

去起义门时，我不得不想象一百年前火光冲天的样子。中和门虽然已经经过重修，但仍然保留断壁残垣的模样，阶下兰花草焕发奇异的崭新和宁静。顺着兰花草往远处看，能看到大街对面沿着蛇山的坡度缓缓沉降的小路和房屋，一个开阔但不急剧的俯角，人口和住宅就像水流一样填满，但是火来了，或者水来了，最先侵袭的大概就是这样的地方。那恰好是回族人民聚居的起义街，街上理发店、五金店、成衣店的门面和数不清的蔬果摊，都保留我记忆里二十世纪九十年代的模样，猩红的肉结实地固定在粗大的紫黑色铁钩上，似乎是种伦勃朗也未曾把握的光影雕塑，裸露世界本质一面。这季节，冰棒店不断循环播放着“冰棒批发”的录音，热气已经把万事万物烘烤得格外缥缈……在这样的小街里绕来绕去，像是没有开头，也不会结束，只要一心扎到那些绣花窗帘、暖瓶和布满尘土的收音机后面去，就能获得一生一世。

但是汉口的平民街巷是另一种样子，譬如吉庆街和江汉路的老房子，是比河街更深一层的街道，隐蔽在当时租界的洋人区域后面。小路折叠成一个个方格，交错着不急着卖东西的小贩和夏夜为了躲避暑热而吹风慢慢冷却的男女。一个发福但神色忧郁的年轻男人和一个穿着廉价暴露服饰的丰腴女子并肩缓步走着，两人都抽着烟，然后钻进酒店。可这一刻你想的是这世上没有什么能与爱相比。在深夜黎明，如果你也睡在其中一幢楼的屋子里，能听见断断续续的汽车声响、野猫的叫唤；早晨醒来，灰白的光洒进室内，世界仍然飞快运转，但是斗室内是如此安静，不会对楼下近在咫尺的市井喧嚣发出一点应和，你惊讶于此时的超脱。

于是他们祷告、念诵，闭上眼睛。有天下午，信众聚在盂兰盆会做纸灯，整个走廊都摆满了叠成莲花的暗黄色的纸，他们工作起来十分认真，谈论起纸灯的口气，仿佛这同样是一桩尘世的大事业。一百五十年前，汉口人会兴致勃勃地听外国人讲述那些奇异的新知识和新世界，而武昌对于西洋的一切还是相对保守的。与此类似，寺院里的民众和信徒也大多对这些仪式怀着一种非功利的兴趣，而非完全为了寻求个体困境的摆脱。在花园山天主堂，即使是那一团静止不动的空气，也浸透着丝丝潮湿的香气。几个中年女人正坐在长条椅上默默祷告。我坐在她们后面，看着她们微微佝偻而毫无动态的背。我开始凝视风琴上铺着的天鹅绒布罩，中间那小小的银白色十字在眼前旋转。我又好几次走近它，是在空无一人的时候，祭台栏杆上放着蜡烛盘，里面是三支熄灭的白蜡烛，其中两支已经融化在盘子里。据说有一个疯女人是新教徒，她时不时过来倒酒，反抗天主教教义……

该怎样描述这一切呢？漫天的乳白色云和不规则的狭窄沥青小路相互对照，泛起微澜的水面和灰蓝背景的暮色融为一体。历史引领时事的走向，牵引着漫漫人群掉头、转向、改变速度，中间磨损多少，磕碰多少，自然忽略不计。然而对个体而言，每一天都如此紧迫。所以来到这些低洼街巷中间，看到他们，这些像忘记了生活那样去生活的人，至少短暂的片刻，多么令你羡慕。但你仍然惦记着起义门曾被毁弃掩埋的黑暗拱门轮廓，以及从那拱门里望见的沿着下坡街道生存的你所不曾真正了解过的人，或许是他们构成了发动某个奇异瞬间的唯一动力。

凡耳偶得

我喜欢在手机上听广播，每次听到好听又没听过的音乐，就不想放过，想搞清楚它的来源、演奏者，于是根据名称到网上的音乐库搜索。但这一瞬间的想法和举动，就与广播的性质形成了一个很大的矛盾。音乐没有体积，没有形状，不占据空间和视野，广播却像所有强占时间的电视节目一样，“强迫”我们去听它。只有在这时，我们才能最好地给予音乐以地位。即使不去了解它的来源，也可以在听广播时，投入地欣赏一段音乐，甚至于忘我：我们不是独自一人，而是和这个世界、这个世界上其他的打开广播的人一起在听它，我们不要让这个时刻溜走。音乐库却是为了“收藏”——为了能够反复聆听最喜欢的音乐，而不那么合口味的部分，即便收藏，也常常弃之不顾。

所以渐渐地，我在克制自己立即地在认知上“占有”一段音乐的欲望，因为它最终的目的仍然是聆听音乐本身。当我们想要对声音说“真美啊，你停下来吧！”，我们已经放弃了欣赏它的权利。

如此想来，因为并非专业研究者，大部分人对于很多音乐的来源、名称，也是难以分辨和记忆的。早在我们能够系统认识它们之前，它们就已经感染着我们的生活了。十几岁时，我很爱去长春观玩，即使什么节日也没有，我就喜欢单纯地看那里的廊庑亭台，带雨沾雪的茶花，还有道士道姑。但我更喜欢的是看他们打醮的场景：所有人披上殷红的道袍，整个殿堂垂满天地三界十方万灵的艳丽绸幡。一架扬琴，水波一般清廓悠远。年轻的小道姑奏钹，神态和节奏都非常安稳。大鼓却被敲得很响，罕见地描摹出宗教所应有的强烈震撼。听音乐时，线香的气味袅袅飘来，仿佛有隐隐的烟雾团团升起，里面有金光，仙人持着宝剑出来，刺破灰黑的云……那种枯燥冗长的唱诵和壮阔跌宕的音乐形成鲜明的对照，让人长久地精神恍惚。

高中，我喜欢拿手机（极其落后的非智能机）录音。每天都会经过一对弹柳琴的卖艺夫妻，有时我就会录上一段。地下通道有一个非常瘦弱的、半瞎的人，喜欢拉《二泉映月》，虽然是家喻户晓的曲子，但在城市的卖艺人中间听到并不多。

我就很喜欢听他的演奏，也会录上一段。这样的录音，只是为了自己听着玩。单纯乞讨的人我不会给钱，但是卖艺卖唱的，我总免不了动心给上一块。这么多年过去，录音早已不知所踪，但是在市声喧嚷里飘来一阵凄凉曲调的情致，却一直留在我的心里，等于是武汉的一点点标记。在北京，真正吹拉弹唱的卖艺人很少见了，大部分只是比画一般地摆弄乐器（这样的态度不免令我恼火，虽然和我没关系）。即便有演奏的人，我们心里这样急匆匆，也难有从前那样的耳朵和眼睛去接受那些声音。

还有许多音乐，是真正难以复制的现场表演，甚至只发生在几个人或者两个人之间。如果不是特意准备，随身携带并开启录音笔，就很难真正记录。我在湖北丹江口的官山镇，就有这样的情况。事实上，那些没有进入录音笔，没有被作为“作业”记录下来的歌，才更加令我心旌摇曳，因为我不必再一字一句地分辨它的歌词，而歌者也不会抱着公开表演和完成任务的心态。在闲聊、饮酒之间，音乐就自然地流露出来了，如果这时对他说“等等，我要开始录音”，岂非有些不尴不尬？就拿《十对》(《十对花》) 这支在汉族各地都有流传的民歌来说，官山镇的《十对》就和在网上能听到的西北、浙江等地的版本很不一样，至少在吕家河村，我们听到的节奏和旋律就很像人在日常中的说话，两个人一起对唱，更是与谈话无异。两个老头抽着旱烟，到了有心情的时候，自然而然地唱起来，那样的情态，是很难用单纯的声音记录来固定的。

那晚，在吕家河村参加丧礼，听“打待尸”之前，我们小组和村民一起坐在席上吃晚饭。（录音笔已经准备好了，搁在棺材边，不在手头。）我们坐在低矮的方桌边，山谷里天光渐渐昏暗下去，凉风吹了起来，喝酒吃菜，很有兴致。一会儿就下雨了，豆大的雨点被风牵引，落在盘子和酒杯里，我们就喝下混合了雨水的苞谷酒。就在雨中，邻座的疤脸大叔唱起了歌。他年纪应该在四十上下，平时总见他下地干活，不见他唱歌。其实在这几个村子，许多人都能唱歌，除了在仪式上专门演唱的歌师，其他人也很难说清是不是“歌手”，因为歌声早已编织进了他们的日常生活，只不过近几十年，歌声的力量为现代的生活方式渐渐削弱。这位疤脸大叔只唱了几句，旋律有些忧郁，但他的歌喉比平时的嗓音还要更加沉厚清晰。这么一唱，意思好像在说，“虽然我们坐在下面，唱歌是他们歌师傅的热闹，但我也不比他们差哦”。我感到非常惊喜。

在吕家河村的最后一天，我们从小路上武当山，再次碰到了疤脸大叔。他牵着骡子，从山上下来。骡子披着五颜六色的绣花鞍鞯，头上戴着血红的缨子，漂亮极了。因为驮着货物，又是下山，步伐要比人吃力得多，大叔就得费心照顾着。那天太阳真好，光从及膝的草叶中透出来，叶子上留着前夜的雨水，四周浮动带点草腥气的香甜味，迷醉的氛围很难抵挡。山腰上有座小木屋，因为坡度大，一串串紫红色的锦葵高低错落地站在门前，定神观看，一时间美得让人心慌。转身过去，疤脸的人已经走下山去，小路多曲折，身影很快就消失。于是我又想到，在他这样辛苦的日复一日中，能够欣赏到一两句他的歌声，实在是很大的幸运。在根本上，音乐和所有时间一样，正是这样无法记录、无法把捉的存在吧。

丹霞之夜

高三正是准备考试最紧张的时期。生活进入惯性的循环，做题、改正、复习。如果神经绷得久了，渐渐就会对界限、得失毫不在意。如果这时给我一个难以推辞的理由，要离开学校一阵子，过一点不一样的生活，那我绝不会放过。

机会终于来了。老师通知我和几个同学一起，去广东韶关的丹霞山参加全国的地理竞赛。我们提前两个星期开始正式的准备，忙得不亦乐乎，暂时把正经功课抛在了脑后。那时正是一次重大会考的前期，地理竞赛的日子又和这次考试时间重合了。于是有天课间，某老师向我走过来，劝我留下好好考试，不要参加这种不可加分、无益高考的竞赛。我并不作声，差点儿翻了个白眼。硬着头皮等他离开我的座位，我又在内心暗暗发笑。

我们要提前训练的内容不少，但并不复杂。除了温习常规的地理知识，就是训练通过图片识别国家、地点，在野外辨认方向、坡度，用各种方法估算长度、高度。最重要的是，要在没有度量工具的条件下根据实地考察绘制地图。我和另外几个队员一起，测量自己的步长，熟悉指南针和角度以及太阳的关系，演练快速计算比例尺、标注图例……在那种枯燥的日子里，每天的训练简直变成了让人沉迷的游戏。不过，我最喜欢的项目就是“自学”有关各国照片的题目。这些照片往往不是最出众的地标，但又能显示一地的典型地貌或景观。这个项目，让我一方面对许多异国风土有了进一步认识，一方面又发觉自己辨识得非常准确，感到格外轻快得意。

时间一到，我和三个伙伴，还有带领我们的老师一起踏上了“征途”。领队是年轻的女老师，后来在旅馆便和我住在一间。去韶关的火车上，我虽然害羞，但还是把苏联歌曲《地质队员之歌》唱了一遍。看到窗外土壤颜色变为强烈灼眼的红色，我们知道就快要到目的地了。

比赛分为笔试和野外，整个过程平平常常，远没有先前的准备过程来得刺激。我记得最清楚的，却是晚上所经历的事。第一天，全国的选手汇聚在一起，住在一个大宾馆里。睡前，我亲自检查了门闩门扣，全部锁好，便关灯和老师一起睡下了。我睡得倒是很沉，凌晨四点多，老师喊了许多声我才听见。她说："好像刚刚有人进来！" 老师年纪比我们大不到十岁，平时说话就很轻柔，这时嗓音更显得有些虚弱，在短短的一瞬间，听上去反而需要我的保护似的。我也故作勇敢起来，立即打开灯看怎么回事。房间里没有别人，但当我看到门口，简直倒吸一口凉气：门是关好的，却没有上锁，上面的门扣也打开了。我只好暂时压制恐慌，把卫生间和衣柜的门一个一个打开查看，幸好没有跳出一个强盗。老师也已经给前台打过电话，我们穿着睡衣等待。前台的服务员终于来到，老师说门有过响声，我也说确实有人把门打开过。可是服务员只是一个劲微笑着说，什么也没有发生，让我们不必惊慌。我们都感到有些莫名其妙，但确定钱财都没有丢失，就勉强爬回床上。这时天已经差不多亮了。早上和四周的人讨论起这件事，也没有人能得出一个合理的解释。按理说隔壁左右全部是一起来比赛的老师同学，不会发生这样的事故。我们只能理解为房卡有些问题，而又有人恰好走错了房间。得到这样一个无比牵强的解释，我们就把这事抛到了脑后。

第二天的生活比较有趣，我们从宽阔的平地搬进了山地，住进了当地人的家庭旅馆。晚餐有冷水猪肚、田螺、梅菜扣肉，我们都非常爱吃这些有客家特色的食物。每个房间小小的，陡峭幽暗的暗红色木楼梯往上延伸，灰淡的光线夹杂着一缕缕忧郁湿气，感染了我们这一群热闹天真的客人。韶关虽然位于比武汉更南的位置，但因为纬度和海拔，冬天里也不算暖和，在室内还是得穿得严严实实。那是大家还不用智能手机，也没有微信的年代。M 和我一边说笑话，一边对其实不甚了然的国际问题高谈阔论，一下子将半个晚上打发了过去。其他学校的队员和老师，在一楼谈笑、打牌，本来就窄小的门厅，这下更加拥挤了。我们几个想要逃离这样的聒噪，于是决定一起去外面溜达一阵。

这样的计划本来是半违规的。人生地不熟，又在僻静山地，不应该脱离了组织的庇护。因此我们就毫不声张，自作主张地开溜了。一路上的风景当然很不错，夜色迷蒙，但莽莽山形依稀可辨。这就是久闻大名的丹霞地貌，我们还没来得及在白天的日光下细细品味，就在黑暗中莽撞地闯入了。我们想要寻找丹霞山特有的铁锈般的红色，可是光线不足，实在难以看清，只有一点微弱的反照。这反而加剧了我们对下一天行程的好奇。返回的路上，四周真是一个人影也没有，路灯也几乎没有。走了一会儿，遇见一些在小路旁停歇的出租车司机。他们都站在阴影中，打量着我们走过去。这时落下了蒙蒙细雨，感觉不到雨珠，只仿佛有层凉凉的薄雾，如蛛网粘在我们的皮肤和外衣上，把我们包裹得非常冷静，交谈也停止了。我们感觉达到了目的，踏进旅馆时非常欢喜。门厅里有位老师正在做一个讲座，下面围坐了许多同学。我们也就顺势站在楼梯上，听完了后半场。

最后一天，比赛的名次出来了。我们队获得了团体第一名，大家自然很高兴。颁发个人奖项时，评委老师按照得奖的次序，由低到高念名字。最后一个念到我的名字，老师停了下来。我变得非常紧张，站到台上脸开始发红，感觉大家都在注视我。我非常不安，心想这真是大大地倒霉，难道叫我做了第一名？因为当时比赛规定，前四名将要代表中国参加国际比赛。但我自认为这次发挥得不够完美，而且有关地理的知识与技能也绝没有那样高超。正在我纳闷和苦恼之时，评委又宣布，接下来要公布前四名了。我这才大大松了一口气。结果晚饭间，我们的老师记起我领奖时风云变幻的面部表情，猜测我内心对这个结果非常不甘与遗憾，因此对我表示了特别的安慰。一时间我不知如何解释，也许自己还没有完全反应过来，也就含混地承认，接受了她的好意——似乎在整个高中阶段，我并不在意失去了前几名的地位，反而感到庆幸，这样的心态是不允许表露的。

从丹霞山带回来的纪念物，只有一点砾岩石块和一些照片。短暂的出逃已经结束，生活又回到了之前的轨道，徒手绘制地图的兴味也渐渐遗忘了。后来我们都有别的知识要学，别的道路要走。对于地貌地质的探究，只能告一段落。如今，早已失去看到经纬度便叫出地名的本领，不过偶尔翻开中国地图册，还能看到曾经勾画的各个地名。它们都变回了平面的字词，美好又寥落。

家　宅

> 操场北面，沿东城根到北城根，虽在城里，却很荒凉。人家不多，很分散。有一些农田，东一块，西一块……地块之间，芦荻过人。我曾经在一片开着金黄的菊形的繁花的茼蒿上面（茼蒿开花时高可尺半）看到成千上万的粉蝶，上下翻飞，真是叫人眼花缭乱。看到这种超常景象，叫人想狂叫。
>
> 这里有很多野蔷薇，一丛一丛，开得非常旺盛……

这是汪曾祺在《我的初中》里写过的一段。读到这样的描写，想到这样的景象，我立刻看到了我的家，我住过的那个大院子——目之所及的最高点绝非楼厦，而是樟树和梧桐，柔软宽阔的树冠像父母的手一样合拢；偏远角落有一排平房，前面莫名其妙地立着船锚，夏天野草长得老高，还开着向日葵；我们还有许多树林，地上长出一簇簇紫叶酢浆草……也同样使人想要狂叫。

已经不在了的景象是，十多年前一处废弃的楼房，本来也是二十世纪五十年代的红砖房子。后面的空地已经长满蔓草，但原先是小花园一般，有着古怪的、漆皮剥落的小亭子，曾经开过迎春花和蔷薇。还有个很小的假山，像是和大院里另一座大假山遥相呼应似的。不过这假山下是没有水的，只环绕着细瘦的泥土，山体本身也很贫弱，苔藓显得很干枯。绕到前面去，就可以从一楼的一扇扇窗户往里望。窗玻璃也残破了，大部分窗子半开着，房屋内的样貌清晰可见。抽屉柜也是开着的，老旧的衣柜缺了一扇门，有灰尘色的镜子反射着你模模糊糊的影。有许多柜子、大床是乳白色油漆的，让人立刻记起二十世纪九十年代初留下的家具色彩癖好。最使人惊讶的是，一些翘了的挂历还留在墙上，好像肚皮白白的鱼，风一吹过，它们便翻动着扑簌簌的响声。无限的寂寞和温柔同时涌上心头，整个楼房仿佛巨大鱼鳃在漫长静止中忽然发出翕动，掀起人类活动留下的纤尘。曾有最后一个住户坚决不搬迁，因此这废墟的景象持存了很久很久。但这景象终究是要逝去。好在，我们有更多见证二十世纪五十至八十年代的红、灰楼房被保留了下来。

永远是缺口，永远带着一种被想象的痕迹，这就是家宅最原始的面容。在乡下短暂居住的日子里，我仿佛一个外人，也只有在清晨迷迷糊糊醒来之际，感觉到小老鼠在床单下面蠕动的时刻，我才觉得有一些属于这张床铺。在堂屋里，给祖父祖母上香，亲戚们让年幼的我学着别人磕头，我便下跪磕头，冷冰冰的地面泛起潮湿的腥气冲进鼻腔，线香的缥缈烟气直升入房梁的黑暗空虚……这便是我的来源了吗？如果是冬天，你走出门去，会看见香蒲草在池塘里静静转世：用手轻轻触碰，它们的蒲棒便裂开，无数白色茸毛就会飞跃弹出，犹如没有声音的片片尖叫。

一切都是无法被复原描摹的，也并不知道什么是那个具体有形的家屋。很长一段时间里，我们的家总是和特定的人联系在一起。很长一段时间里，我总和Z一起结伴上学。她家就在我家前面一排房子，我常常提前到她楼下。她母亲称我为晴雨表，可以用我的衣着提示她的衣着。她走下来，雪白的手指扦开袋子，里面是晶莹的石榴籽，粉红如她的双颊。她吃一颗，我吃一颗，就这样走到学校。我分外怀念的是，在Z的家里吃她母亲做的烙饼和刀削面，那种清白可爱的口感，似乎再也没有过。她家总是飘浮着一种木头和床单的清香，她父亲会钓鱼，水池里常有鱼腥味。有些周末，尤其是Z的表姐过来时，我们三四个女孩就会凑在她家玩耍。最喜欢的是晚上关灯后捉迷藏，屋子不很大，关了灯再捉人却很有难度。她房里是老式的有脚床，我们就钻到下面去。衣柜也是藏人的好地方，坐在杂物间一声不吭也是高明手段，捉人者走进杂物间，猛然发现沙发或藤椅会说话，还是很有些惊恐的。她的容易相处的父母，就总是这样纵容和欢迎着我们的玩耍。走向成年的过程里，我们去对方家里的次数越来越少，但屋前屋后由水杉、臭椿和菜地构成的风景总是一成不变，宁静的四季在武汉的雨雾迷蒙中循环，时间甚至接近于停止。我们俩剧烈地变化着，但是很多年后，感到大致也毫无变化……

我们借宿他人家里时，也总是在寻找着可以减轻不安和寂寞的东西吧。一种惊奇和熟悉的怪异混合。我牢牢地记得那个刹那：十岁多的一个晚上，在县城，就在那位做医生的伯父家里，我分到了一间大卧室，陌生的气味令我敏感，但是我发现了什么？从枕头下摸索出一本用挂历纸包起来的、封面没有写字的书，已经被磨得很软很软，纸页边缘也已经变成酱油色，估计有些年头。昏昏灯光下，扉页用清隽的钢笔字写着藏书落款，目录里面写着“狂人日记”“药”“长明灯”……都是什么呀！我翻开第一篇，猛厉的用字和怪诞的想象令我讶异——第一次因为文字，而非故事和情感而感受到心中的尖叫，就是出现在这个瞬间。我又看了其他的篇章，每一个字都和我习惯的语感不同，似乎在引诱我进入它们小小的黑色深渊。我想看每一篇，但又没法全然理解；暂时合上，又再次打开。并非因为恐惧，而是因为害怕兴奋过于强烈。

直到一两年后，我才真正地认识这位作者，也就从“文字魔障”中稍稍脱离了些，却真正开始不知疲倦地模仿起那种不规则的、色彩浓烈的文字来。初中的时候，每天回到家，我都要把自己关在狭小房间里写上一通，才能重新打开屋门，“接收”外面的空气……

我们渐渐失去了家的本来面目，那变成乳黄色的挂历纸封皮，就像是幻象中的长明灯。文字变成了我们的家宅。只要把过去那些珍重又珍重的旧书、摘录和笔记再拿出来读一晚上，我们就算是再次回了家。

晨昏·草木·大院岁月

这个时节，你走在京城一条窄小僻静的胡同里，听那鸽哨金灿灿的巨响以及由此衬出的寂静。一阵傍晚的寒风让你遍体发冷，接着送来一阵莲藕排骨汤的香气——家乡的排骨藕汤是最出名的——乡思入骨，那一股子哀艳伤感却透着莫名暖烫的劲头，是很难抵挡住的。

你知道，当你说想家的时候你指的并不是那幢二十世纪八十年代建的砖混结构楼房里的一间屋子，也不是那个烟波江上使人愁的城市。你指的是那个大院子。

于是你想起幼年时的黄昏。当空气里开始流散油盐酱醋的味道，你便和伙伴暂时分别，从蝉鸣放浪的老林子，从种满金边龙舌兰的干休所回家去。回家的路上你要经过大院北边的居民区，发现香樟树叶层层掩映下泄露出一道暗淡的白光，那是废弃的白瓷水池，里面养着莲花，漂浮其中的圆形莲叶瘦弱得让人想起旧时守寡多年的妇女。或许你走的是另外一条路，那路旁长满紫叶草和小白菊。还有几株蜡梅，冬天它们开着红萼黄蕊晶莹剔透的白花。

你所住楼房的一楼永远属于年轻的教员。左边的一间，房门被据说是染上毒瘾误入歧途的一个青年撬开，使得化学教员抱怨不迭。对门是你那皮肤黝黑笑容甜美的小学美术老师，夏天她丰腴的脚踝系着一条拴金色铃铛的红绳。此时她一面皱起眉头表达同情与关切，一面把她吵闹着的孩子塞进家门。

吃过晚饭你便去散步，和友伴，或是独自一人。通往大院西北角的路上总是流窜着一两条归宿不明毛色杂乱的狗，它们在八角金盘的阔大叶片间拱来拱去。还有些“昙花一现”的黄鼠狼，它们偏爱栖居在从前那个巨大的废弃潜水艇附近。路边矗立的是身量挺秀的水杉和叶子碧绿的玉兰。玉兰花谢了，宽大的莹白花瓣带着一缕无法挽回的朽烂气息，甜蜜地静卧在露水浸润的草地上。黑铁栅栏和低矮整饬的红叶小檗护卫着某些有关重要技术的实验室研究所之类要害部位。再往北走你会经过一片幽幽竹篁，夏天那茂密的苍翠几乎遮蔽了竹林里的一切。你喜欢在那里奔窜，惹起一群你并不喜欢的灰褐色飞蛾。你偶尔会在那儿碰上父亲的同事。有的已经退休，他们跟你握手并开始讲述那些你一无所知的不愿老去的往事。

如今是停车场的那一大块地方，原来是露天电影放映场。那时有一排排石凳专为学员而设。到了放电影的时候那里铁栅门锁闭，也有一些家属站在外面观看。现在停车场南面是一大块绿地，种满茶花。夏天它们红得火辣，与青蒙的草叶多少有点不协调。

你会在冬天下午三四点、夏天五六点的时候到操场看组建于一九九八年的海狼足球队踢球。他们日复一日年复一年地踢球，尽管他们已不再年轻。有时会有几个留学生和他们的妻儿漫步在操场上。中亚女人有着深沉的黑色眼眸，戴着紫红色的头巾。西亚女人有着深沉的褐色眼眸，酷暑天也穿着黑色长袍。

你每次回大院都要看看操场旁的冲洗店。九年过去了，可老板娘看上去依旧年轻。她生着一双顾盼生辉的妩媚杏眼，加上棕色的皮肤结实的身材响亮的嗓门，简直有几分拉美女人的神韵。九年后她愈发精明热情，差不多记得每一个熟客并像老朋友一般对你微笑。冲洗店还提供上网的服务，因此那里总是挤着学员，手忙脚乱的时刻老板娘那转业军人丈夫便来帮忙。他沉默敦厚白皙瘦削和妻子形成对比。你看到他用不熟练的手法不小心把顾客的登记照片切坏，老板娘便立时放下手中的活急急喊道“哎呀你作死啊我来我来”。他有些不好意思地浅笑了，仿佛并不是出于羞愧，而是因女人的精干而自豪。

夏天到了七八点的时候，有些男兵和女兵会在那个西北头长草的操场（而不是大院中部的塑料草坪操场）训练长跑。他们穿着藏青色短裤，女兵露出了雪白的双腿。尽管女兵从来都是清一色的短发，但每个年代她们的发型都根据潮流变化。女兵明显肤色更白，她们满头大汗，发丝粘在额角，面色可爱地发红。她们从不穿裙子，除了文艺演出的时候。每年五月的篝火晚会，你来到人声鼎沸的草坪上参与全体学员的狂欢。喊声震天动地，火焰熊熊夹着乱飞的火星子直逼夜空，那气氛和女主持人的温柔语气毫不协调。

天黑透了大院子就很安静了，但你走到大礼堂附近还会听见里面传来军乐团的乐音。那声音并不总是好听的，它们飘荡在偌大的礼堂空间，制造出沉重的回声。大礼堂的形制显然受苏式建筑影响，银白色的路灯光和乳黄色的壁灯光照亮了它灰色的外墙和勒脚、白色的大理石装饰、枣红色的大门，它们虽年迈但洁净体面，透着不可抗拒的庄严。礼堂前种有桂花，秋天它们开得非常隐蔽，唯有醉人的花香摄人心魄。只有走近了你才看得清它们没有耳坠子大的花朵，凋谢的时候不随风飘飞也不粘连枝头，而是一大团粉黄完全无声地瞬间坠落，那势头如此干脆，叫人心折。

像大礼堂这样保留下来的老旧建筑实在不多，一年前又有一座遭到拆除。那是旧时的仪器厂，一座红色砖墙的苏式建筑，周围草木芜杂但生意盎然。有一对夫妇坚持了很久拒绝拆迁，他们没有成功。

夜晚开始不再出现蝙蝠，秋虫唱得很欢。是更换冬常服的时候了。学员们又排列整齐地手提书包走向灯光耀眼的教室上晚自习。他们的黑皮鞋在湿漉漉的路面发出轻微沉闷的响声，和你从高级军官那里听到的有所不同。

高级军官不会那样整齐地行走。他们成群结队，谈笑风生。他们不再穿统一发放的皮鞋和袜子。他们见了面就大声寒暄使劲握手，遇见上级或者关系格外好的必定带着不同的意味敬礼。他们谈论着时政、家事、人事变动和各类逸闻，话语中弥漫着外人并不能领会的幽默，并且不像学员那样频繁地动用粗口。他们冬天戴着黑皮手套，夏天下了班松开领带。他们有的把头发梳得一丝不乱刚好衬托浅浅的唇髭，有的就不那么讲究显得不修边幅。其中会有一位显眼的高个子教员，他还在先前那个职位时你有机会看见他叼着烟开一辆配给的军绿色吉普。他满口俏皮话像一部民间文学的活辞典，脾气暴烈性情耿直不时大打出手。他险些因此断了仕途，但终究还是走了好运。

不知什么原因你在你的大学校园并不时常听到鸟叫。天蒙蒙亮你还没完全清醒的时候，你会有点怀念大院子的鸟语。春夏季节，在早上四点多大院的鸟就醒了，开始啼叫。除了叫声特别清越凄婉的布谷鸟，还有麻雀斑鸠喜鹊画眉啄木鸟。当然，由于它们的作息时间和你不同以及你耳目的愚钝，你只知道很少一部分鸟的名字。先是有一只鸟叫，然后是同类的呼唤应答，渐渐地，群鸟一起歌唱起来，音色和调型各不相同。有一些笨拙但节奏分明，有一些则很华丽嘹亮，缀着花音。那叫声并非杂乱一片，似乎是不同的鸟类达成了浑然天成的和谐，鸟语带着淙淙山溪的叮咚之声，不同的声音就像细流一样汇入溪水。清凉湿润的风从窗外吹进来搅动黑暗，鸟类的繁多和鸟语的响亮让人顿生幻觉，你竟以为出门下楼去就会看到巨大的热带植物带着滴水叶尖高傲地仰起头颅，把你包围在地老天荒的绿意之中。

大多数时候你无缘听到黎明的鸟语，更多的时候你是被起床号或者操练口令吵醒。永远是带着回音的“一二三四”或“一二一”，然后你听见军歌声从远到近再到远，好比列车的轰鸣。你已经很少听到它们，因为在你回家的时期学员们也已经放假。

你出门过早（吃早饭）。在大院里唯一的早点摊集中地，近年新开了一家饺子馆。老板是一位军官的妻子，一个面白身长的山东满族女人。她笑起来直削的鼻梁就打起皱褶，亲切动人。餐馆里常常坐满了北方或南方的学员，桌上是分量极大的热气腾腾的饺子、一盘拌着辣子的凉拌黄瓜、一碟花生和两瓶啤酒。每次你和你的同伴吃完准备付账，她会干练地吩咐服务员把四十二块算四十。但后来一场火灾，让这餐馆的喧哗烟消云散，烟消云散。

蓦地回想起七八年前，你和同伴唱歌忘词被他们听见，他们帮你接上，让你感到多少有些尴尬。现在你不无惊讶地意识到，他们已经和你同岁甚至比你更年轻，而且终有一天会成为你眼里的孩子。时间在他们身上停止，恰似河水一去不返而你再无两次踏入同一河流的可能。你忽然深深懂得：你终将老去，而他们永远年轻。他们将永远目光空洞地坐在阶梯教室里，声称他们真的毫无理想。永远在毕业之际制造事端释放暴力。永远准确无误地在彼此的对话中使用各式粗口以表达不同语气。永远把满族女人的饺子馆和杏眼女人的冲洗店填充得密不透风。永远飞奔在操场上醉倒在苍茫星空下的无边枯草里。永远在水上训练的日子站在金光闪耀的水边皮肤晒脱汗结成盐等待训斥与表彰。永远穿雪白的藏青的军服不管是 87 式 99 式 07 式，因为从来不变的就是这两种颜色。永远行进在浓雾笼罩的清晨踏在铺满落叶的道路，有些滑稽地扛着扫帚或者唱着铿锵激昂回音漫天的一首首军歌。

也许只用一间屋

才到十月，这里天气忽然就冷了，街头小摊葡萄上的一层粉末发出冷冽发硬的反光。一个上年纪的男人忽然拦住我，我刚刚没有看到身后的车。然后他感叹着，我的上帝、我的上帝，庆幸着我躲过了一劫，而我才迟钝地反应过来。这时，另一个赶着上班的人忽然站到我身边，带我一起过了马路，仿佛我一点也不了解英国的马路，但我感谢他的关心。

不过，整个伦敦的教堂、博物馆、美术馆、野地公园，似乎都没有这家小小的餐厅有趣。店员有几个土耳其人，有一个高个子年轻人，皮肤黑黑的恩维尔；还有一个小个子小老头，不过也不是很老，五十来岁的样子；老板是白人。店里光线不算明亮，如果是阴天就有几分昏黑了，应该算是十足的英国光线。老板动作格外爽利，几个伙计也是。常有穿黄背心的建筑工人来吃午饭，有些工人和老板相熟。中午特别热闹，他们三三两两挤在桌上。

我第一次去，点了餐，7.2 镑，老板只收我 7 镑。他做了两份一模一样的炸鸡薯条，因为窗外有个客人也点了和我一样的。我去拿其中一份，他开玩笑，一本正经地对我说，那不是你的！旁边那个薯条多的才是。我愣了一下，这时恩维尔走了过来，笑着把盘子放在我手里，说，是你的是你的！第二次去，因为餐厅里没位子了，每张桌子都有人，我一个人坐在室外。土耳其小老头把我的吃的端过来，用口音浓重的英语跟我说，你想坐在里面吗？我说没位子了呀。他说现在有了，快进来吧，pleeease[①]，外面冷，you'll catch a cold，a Chinese cold！[②]我觉得这个说法很可爱，跟他走进室内。坐了一会儿，他用餐巾纸做了一朵玫瑰送给我。恩维尔好笑地看着他，但是我感到高兴极了，那白色的玫瑰，蜷曲的玫瑰茎和俏丽的叶子。不知为什么，我不知道他的名字，令我高兴的是，他是唯一我能够用 Sir 称呼的人。

有的时候，李立扬《在我爱你的城市》里的诗句仍然反复浮现在我眼前。“我的舌头记得你受伤的滋味。/ 我脖子上

①意为“请”，正常写作“please”，多加两个“e”以表示声音拖长。——编注

②意为“你会感冒的，中国式感冒。”——编注

的血管 / 渴慕你。”他，他们，曾坐在我的对面，唱一首歌，但是我没有听见，或者我没有记下来。

很多时候，有的人是在赚钱、追求一种“生活”；而另外一些人，他们只是在生存而已，在竭力地生存下去，抓取着他们能获得和感受到的事物。我往往和后者感到亲近。

契诃夫曾经念叨着，夏天的晚上，坐在回教礼拜堂前的凳上，这曾让艾芜魂牵梦绕的漂泊，也在多年之后种在了我们这些人的心里。我见过许多回教礼拜堂，也在书中看过许多有关它的描写，可是没有人会像威廉·达尔林普尔那样去写——似乎正是这些时候，让我看到文学的意义，书写的意义——他说，在锡瓦斯最古老的清真寺里，年迈的男人们做完礼拜出来后，缓慢地翻找各自的鞋子，最后只剩下三个男人，迷茫地拿着五只鞋子……这令人出神的一刹那，也通过他的文字出现在我的心中，像静谧敲响的钟声或者银色的夏日雨水，慢慢铺展开来。

被摩挲、揉皱的记忆不断重现：我曾经在南疆城市接近郊区的地方，沿着一排汽车修理厂走去，拐角有一个老人坐在雪白的墙边休息，旁边是他的酸奶铺子，那些高高腾空又稳稳落入碗中的细碎的酸奶冰曾经在最酷热灼痛的天气里带给我另一重的抚慰和灼痛；巴扎上，一个农民把愤怒巨大的公牛从卡车上卸下来，大声叫喊着让我们闪避，牛蹄掀起的尘土在近午的太阳下熠熠闪光，公牛不听使唤，仍在不断改变方向，仿佛随时要奔跑起来，而他费力地拉紧了绳子，好像用上了浑身的力气，但这就是他最平常不过的生活，这样用力地劳作着；巴扎上另一个人正在切割皮子，他用锋利的剪刀和同样锋利灵敏的手，迅速地把它们的边缘剪平、修齐，为它们打孔，把它们做成一条条新鲜的腰带……他们的嘴巴沉默，但双手勤劳。我又看见了在武汉，我家附近，那位渐渐只剩下他自己的理发店老板。店员悉数离去，他常常一个人坐在店里，翻看一本书，客人很少，他总是愿意少收我的钱，别的客人来了，他就把钱偷偷塞进我手里。我想起了那位维吾尔姐姐，她曾在小亚细亚上学，后来长期无法回到故乡。她有时把钱转给我，托我买东西给家人；又在我做书时给我许多语言上的帮助，解答我细碎繁多的问题，但从来没有收过我的钱，就像那位开车把我们从郊区捎进城的维吾尔教师也坚持没有收过我的钱那样。如果换成是我，我可以做到吗？也许我不能，至少，从前的我不能。

这所有的时刻，都涌到我的眼前，在这个我莫名其妙到来的、和我并没有什么关系的地方，一间小小的、简朴的快餐厅里。即使身为游客，我也不会在这里真正感到从容、亲切。反而愈加想念着某处，我曾住过的那昏暗的房间，厚厚的破旧的羊毛地毯，一层层烟草和尘土的气味在空气里翻涌。在那个城市，早晨阴云像露水一样退去，小孩子连成一队奔跑着，他们也许还没有失去纯真，接连跟我们打着招呼。

我们曾在高台民居上攀来爬去，那时许多居民已经迁走，但仍然有不少人居住。我们站在用力踏步就会摇晃的生土屋顶，低头；在黑暗中，下方一只羊缓慢地踱出。如今那情景应该不再能够见到，他们是否也拥有着一间屋？

是他曾把这一切放在我的手中，而因为这一切，我才见到了他。万物敷上一层沙甜的光泽，它令你的心变得谦卑，只有这时你才愿意臣服。

就像张承志曾经描述的那样，我的生存或许不能越过葱岭[①]以西了。我的情感、脾胃和眼睛都不能真的习惯它之外的生活。如果我不是来到界限和界限之外，大概不会意识到，在现在我所暂时离开的那部分世界上，许许多多的人和我之

①葱岭，帕米尔高原，波斯语，意为平顶屋。中国古代称之为葱岭，古代丝绸之路在此经过。——编注

间有怎样隐秘而坚牢的联系，仿佛就是那共有的根须在牵引我们。

亚美尼亚的朋友亚兰说，苏联解体之前，他的父母作为普通的教师可以用很少的钱坐飞机出国旅行，但是苏联解体之后，他们才意识到他们的快乐多么局限。然而，你在内心深处的某个地方，似乎渴望回到那种有限的、被束缚的生活和那种即使是虚幻的集体和确定性。我们的感受永远是矛盾的，正如斯维特兰娜·阿列克谢耶维奇在她大量的报告文学中所揭示的心灵状况。这些地方的人，是并不那么光滑、自信的，他们的目光带着许多的欲望和忧郁，唤起我多么长久真切的共鸣。和西欧人不同，甚至和南亚人、阿拉伯人都不同，这些小亚细亚人和中亚人的面孔可以让我久久地凝视而且不感到陌生、紧张和惊讶。他们肤色偏黑，五官线条相对柔和，流露出东方特有的沉默、隐忍和木讷。我曾在阅读中到访的埃尔祖鲁姆、锡瓦斯那些曾经破败的茶馆、厚厚的积雪，还有从不准时到来的公共汽车和火车、懒散昏聩的官僚、肮脏而热烈的街边小吃和街头小贩……这一切也仿佛渐渐成为我熟悉的世界，我自己的来源。恰恰是因为，所有这些生活中包含着许多不得已的部分，因为他们无法充分地选择他们的生活，并且作为被压抑的广大无限的“少数”，他们才被我视为遥远意义上的亲朋。他们似乎更加珍视他们得到的东西，比生来就拥有丰厚物质和精神自由的人更懂得个性和自由的意思，懂得爱与美都需要通过努力争求才能获得。他们的面孔凝聚着所有让我熟悉的东西。

的的确确，除了语言、血统和食物，我和北京、武汉或上海居民之间的共同点，与这些人相比，即使不会更少，也并不会更多了。

里尔克说：“我也许只用一间屋（在房顶下明亮的那间）。我在那里生活，带着我的旧物、家人的肖像和书……但是并没有这样，上帝知道是什么缘故……啊，我的上帝，我的头上没有屋顶，雨落在我的眼里。”那句“但是并没有这样”，是尘世生活里颠扑不破的秘密。可是我仍然常常感到，在世上某处，我拥有着我的一间屋。它也许不在别处，也不在此处。那样的人们，他们就是我的房子。

第三辑

在下落不明的大地之光里

一

真的能书写自己的诗歌“阅读史”吗？除了阅读的过程本身，我和我谈论的对象之间还有怎样的关系呢？我翻开了从中学到大学本科阶段的读书笔记，试图在渐渐漫漶的记忆之尘中梳理出一条清晰凹陷的小路。单看笔记中的诗歌部分，阿赫玛托娃、茨维塔耶娃、阿米亥、狄兰·托马斯、史蒂文斯、昌耀、西川、张枣胡乱地挤在一起……这次“温习”令我再次回忆起不少自己都已经遗忘的诗集和诗句，而这个发现无异于进一步令人尴尬地确认，自己的阅读，特别是诗歌阅读，包含了多少“偶然”和“无意识”的成分。更重要的问题在于，那些对我有过最深远影响的诗人，正因为其精神能量在他们的文字中显得太过庞大和密集，反而无法被我的笔记本“捕获”。那些更重要的诗人的诗集，被我画满了有形或无形的下划线，一旦我需要重新阅读，就会直接拿起书本，而不需要参考笔记。通过这种排除法，事情变得略略清楚了起来——我能立即举出几个在我书架上出现，但从未进入笔记本的名字：里尔克、策兰、海子、痖弦。这显然并非多么独特的个人诗歌阅读史名单，这几个诗人已经成为二十世纪九十年代之后许多诗歌学徒或一般爱好者心中的原典或正典，代表了现代诗歌中的某种强势声音。

与我们（既读也写的人）诗歌写作中可见的变化或“进步”相比，诗歌阅读的“阶段性”特点或变化过程则显得模糊得多，更多地呈现为“一体化”的阅读视野。如果说观察阅读历程中的“成长”是困难的，可能并不仅仅意味着，我们这一代从中学到大学这段相对漫长单调的学院生活和客观上“诗龄”还不够长久带来的“观测距离”限制，同时它也恰恰意味着某种历史感觉趋于平面化的症候——我们这代人常常感到，自己没有经历太大的动荡，或者即使社会发生了那样的动荡，自己也很难近距离地置身其中。缺乏动荡的生活带来的并不是秩序感，反而是涣散和无序，我们貌似有许多种生活方式，但并没有许多种可以选择的生活。于是一方面闭塞、隔绝于历史的现场感和复杂性，另一方面又有种因为被压抑而愈加旺盛的对于历史“真实”的渴求，不再愿意隔着语言和修辞去认知、介入世界，甚至不时希望离开这种生活。这种心态导致我们对文学的态度是暧昧、矛盾的：我们希望在均质化的社会中通过一套文学体制和符号获得个体表达的独立、自由，但是又对文学在社会文化“等级”中的滑落及其带来的写作者（不只是诗歌，还有小说写作者）相对晦暗的主体姿态和生活方式感到颇为不满。

当然，历史和社会状况本身一直在发生着改变，甚至近年来在某些方面加速着变化，然而我们越来越频繁地感觉到，似乎从某个时刻起，我们就不再能够看到历史向前推进的方向；或者说，对于我们在社会结构中的位置而言，这个远景已经很难为文学者所把握、言说，遑论干预和影响。在我们进入大学并开始逐步社会化之后，整个社会圈层日益破碎化，而知识者的位置也因为种种被动或主动的原因不断退回到学院之内，甚至在学院之内也不得不埋首于越来越琐碎、表面化的事务，难以实现“跨越专业藩篱而进行深层合作的动人图景”（孙歌，《求错集·论坛的形成》），而这幅图景正是我在中学时代的阅读曾经带给我的朦胧幻想。

我持续体验着这种错位：从中学时期开始，我们渐渐感受到我们读到的文学不再能对应和指导现实生活，它和生活之间的距离乃至对比越来越明显。在我少年时代所处的小环境中，文学流通的渠道似乎总是零散、自发、滞涩的，我只是在书店里偶然地遇到二十世纪八十年代、九十年代或者更早年代的旧书并被它们吸引，而此时它们已经不再被大多数人阅读了。

这种文学与生活的脱离，更大的原因仍然来自时代整体的推移。对我们而言，从十二三岁开始，要是拒绝当时在同龄人中普遍流行、几乎成为唯一文学消费品的“青春文学”，就很容易转向“纯文学”的胃口，因为那些二十世纪八十年代和九十年代初的小说、诗歌，差不多是我们最容易获得的读物。到了二十一世纪第一个十年快要结束时，正如李陀所言，这些书写基本已经无法继续解释社会生活，无法建立“文学和社会的新的关系”（李陀，《漫说“纯文学”——李陀访谈录》）了。

近五年，事情又发生了新的、剧烈的变化。文化消费者面对电脑和手机屏幕早已有了一千种消磨时光的方式，越来越个人化的媒体平台意味着我们很难再通过文化消费，特别是与电影、电视剧、视频媒体相比而言处于绝对弱势的文学图书载体，来争取一个能够为群体（即使是“文艺青年”也划分成了太多的圈层）所分享的共同想象，或者塑造一个公共意识的领域。由于从事图书编辑工作，我对近年来整体阅读环境对于严肃文学、诗歌的“不友好”程度有着切身的体会。人文社科领域仍然可能出现表现亮眼甚至持续走势强劲的书，但文学类图书则要困难得多，而这种状况似乎不再是仅仅通过“调整”文学作者自身的位置，积极建立和社会、民众之间的关联就能够改变得了。带着这些体验，再来看从十几年前开始的诗歌阅读，我的确发现所谓个体的趣味，实际上最早就是被庞大而无形的文学体制、社会机器展现给我们的“前端”所塑造的。

二

我开始真正接触现代诗是在二〇〇五年前后，我刚上初中不久时。当时文学阵场上仍然显示出一股从二十世纪九十年代延续而来的“散文热”，我家书架上也出现了不少散文集，其中一本是《2004年〈收获〉散文精选》。我由此偶然地在这本书中读到了北岛写里尔克、策兰、洛尔迦、特拉克尔的文章。可以说，我是因为无处不在的“文化散文”或“学者散文”的触须而走向现代诗歌的。

在此之前，我只零散读过一些并未留下深刻感受的拜伦、雪莱、济慈、莎士比亚、纪伯伦、泰戈尔，这无疑只是因为他们进入了大多数人心中的文学经典名单并因此出现在书架上或成为语文教育的课外读物。如果缺乏必要的文学史知识，又借助本来就有些蹩脚的翻译，十多岁的读者会对这些诗作感到相当疏远。对比之下，遇到洛尔迦、策兰的我，也如冯至初见里尔克《旗手》时为其“绚烂的色彩，铿锵的音韵”所迷那样，我惊讶于那些诗行中奇异的、富于紧张感的修辞，以及它们并不依赖传统格律而实现的内在韵律和节奏——尽管这是通过中文译文感受到的。

我开始寻找里尔克、策兰的更多诗作来读。我对这样高强度地向内凝视的文字表达感到非常亲近。对于此前大部分时候只接触到小说和散文的我而言，散文文体似乎是更加不言自明的表达，它对读者散发的吸引力根本上来自它所描绘的那个世界的吸引力。或许正因如此，从一开始我就感受到诗歌最不同于散文的质地，但这也归功于北岛选择了这几位欧陆诗人的诗——它们是如此明显地不同于包含更多议论、长句子和线性叙事的现代英美诗歌，比如叶芝、艾略特、奥登、惠特曼。如果借用陈词滥调来说，我也疑心是它们选择了我。我为那些词语之间同时出现的巨大亲密和张力而震惊、着迷。

不同于散文，诗歌本身是一种伴随着“学习”的阅读。文章的水准，固然也依赖于修炼语言本身的美感，但更多地在于作者的性情、学识，在这一点上它更能够接续中国古代散文的传统资源。然而我最初接触到的诗歌，向我展示了语言对于文本的绝对统治，语言本身成为表达的内容。正如学习其他语言一样，学习一种陌生、艰难的语言是为了说它；或者说，学语言的本意也许只是为了读，但是在学习它的过程中，也就不可避免地开始了说——对我来说，阅读诗歌的过程也是学习写诗的过程。我正是为了在这特殊语言里寻求某种庇护而选择和它待在一起。这种庇护不也是“示播列”的意思吗？当时我对生活感到不满。在那个年代，我所经历的小学时代几乎没有成绩、名次的观念，但进入中学后这种情况突然变化，一时间似乎每个人的“价值”都开始直接和学业表现上的等级挂钩。尽管身为“优等生”，我却时时感到这种秩序的荒谬和压迫性。在很多次放学之后的傍晚，我关上房门，静静面对里尔克和策兰的句子。它们无形中强烈地逼迫着我开始学习这种困难的语言。

多年以后，我渐渐意识到，将散文和诗歌清晰地切分开来，或许部分地造成了我对诗歌本体的固化认知，尽管这种认知可能很难真的被扭转：散文可以联通不同群体和视角，可以言志载道，义理、考据、辞章兼备；而诗歌处理的是更加集中于个体的、幽暗的经验，是“任个人而排众数”的表达方式——这种偏执的观念来自最初的诗歌经验和文学教育。

到了高中之后我才进一步认识现代诗歌，那时朦胧诗和海子、顾城开始出现在语文课本中，尽管课堂上师生声情并茂的朗诵方式令我感到有些荒诞和滑稽。大概和很多同代诗歌读者一样，学校图书馆里的“蓝星诗库”给了我们中国当代诗歌的启蒙。因为被教室和私人空间所切割的促狭生活环境，我反而加倍地迷恋海子、西川开阔的诗句。与此同时，我正在囫囵吞枣地读一些有关当代中国社会文化的书籍、文章，对于在我们成长中发生持续影响、形塑我们精神结构的二十世纪八九十年代有了粗浅的理解，我辨认着它的逐渐离去和被一个新的时代所替代的过程。我自小居住在一个和我所在的城市形成某种对比的空间里，那是一个军事院校，或许我曾无意中从这个高度强调集体主义和理想主义的社区获得想象的安慰，在海子那里以他个人方式继承的集体主义政治抒情修辞和语调令我感到十分亲切。同时期我也在狂热地阅读张承志，他唯一的诗集《错开的花》强力地吸引了我。张承志的诗和海子，乃至阿垅一样倾向于“烈火”而非“修辞练习”，这样的文学品质和写作观念深刻地影响了我对诗歌的感受力。阿垅在《箭头指向——》里谈论诗歌的文字是我在诗论中读到的少有的铿锵之声，“让没有形式的那种形式成为我们底形式吧”“诗是人类底感情的烈火”。但是这就意味着诗成为宣传的工具吗？阿垅是这样来理解力和美、战斗与休息之间的关系的：“诗本质地是战斗的……假使爱情是那个果肉，那么战斗正是包裹保护果肉的一种坚皮刚刺的外壳。”

在那个网络阅读尚未大面积兴起的时代，当时不少主流的人文类刊物，比如《中国新闻周刊》《三联生活周刊》《读书》，仍然在许多城市居民和知识分子的阅读生活中扮演着重要角色。这些杂志中的专访、人物侧写，总是客观上将许多文学作者与其他人文知识部门的工作者放到平行和相近的位置，至少呈现出某种跨越不同知识部门，形成互动和共振的表象。于是一方面我们被培养、塑造起一套纯文学的趣味，另一方面我们却很少从文学史脉络去认识文学本身——那是我进入中文系专业学习之后的事情了。二〇一〇年以前，我仍然更多的是根据文化上的地位观察诗人、小说家、电影导演、音乐人的身份，认为他们和同时代的思想、文化问题幽深地纠缠在一起，而且他们常常被媒体偏颇地塑造成叛逆的、孤独的、拒绝与大众和商业文化合作的形象。这也部分地解释了为什么后来刚刚进入大学，开始和写诗的同龄人打交道时，我们会因为谈到诗歌而心中涌起那样强烈的认同感和亲密感。

在我最早读到翟永明的时候，也几乎同步地从肖全《我们这一代》的影集里认识了她。她和文艺领域众多“精英”的形象并列在一起，代表世人期待中的当代诗人应采取何种面貌示人。我从《天涯》里读到于坚、西川的文章，被诗人身上“散文”的部分打动。这种散文性的确能够让我们从更大的语境中来理解诗歌和诗人的文化意义，但这些文字与真正有社会阐释力和批判力的杂文或学者散文还有距离。与此同时，我们读到的蓝星诗库里的诗人在此时已经改变了他们的诗歌写作，因此对于他们身上的诗歌和散文，我们的认知实际上包含着时间上的错位。这样的认知状况大概成了那种错误观念和印象的源头——第三代诗和二十世纪九十年代“转入相对独立的个人写作”（臧棣语）那样的诗歌书写，依然能够天然地在社会文化中获得精英和启蒙者的地位。直到大学，我的这种印象才渐渐得到纠正。

不过，中学时期没有人和我谈诗。我最好的朋友喜欢西方小说、中国古代文学，但很少谈起现代诗。我也陆续读到于坚、海男、雷平阳的诗，然而那似乎是距离本质化的诗歌最远的一种阅读，因为当时选择这些诗人很大程度上完全是出于对特定地域的兴趣，以及由于我身在武汉，长江文艺出版社的《雷平阳诗选》是当时在书店容易见到的品种。

三

十几年后，策兰仍然是我一读再读的诗人。我爱慕着那些看似简单的文字，它在任何语言中看起来都美；我爱慕着那些声音，黑暗、沉厚而有光泽，策兰对海德格尔的深刻理解令他的诗带有后者的语言风格；我更爱从冷峻意象中忽然迸发的、浸透了感情的“万千颗粒的愁苦”，他反复使用的呼语“母亲”，他永远在诗中寻找的言说对象“你”。面对“你”的言说姿态，显示出他与人世的未来向度之间不可能缔结真正的关联，他的写作是朝向被深埋入地层、被去历史化了的过去时间而进行的。

我不止一次和文学专业或其他人文专业的来自中欧、北美的学生提起策兰，但是令我吃惊的是，他们一致的回答是很少读他、不甚了解他。当我在一个诗歌活动上与邻座的美国青年随口聊起策兰时，对方抱歉地表示自己并不知道。我意识到，在广阔的世界范围内，他和他代表的诗歌路径或许仍然是被遗忘、被抛弃和难以被理解的小传统。而与此形成鲜明对比的是，策兰在当代中国的诗歌读者中间已经是高度显性的存在，这无疑归功于北岛、王家新、孟明等译者的译介。

这种国内外读者对策兰的接受上的明显差异令我有些迷惑，但这种差异或许恰恰表明，一部分当代中国诗人之所以选择翻译、追摹和崇拜这样的西方镜像，本来就有所意味——它指向对身份和命运的想象：成为一个诗人，就是成为一个不受欢迎的人，不断迁徙和逃亡的人。策兰一生不断流浪，离开家乡来到布加勒斯特、维也纳、巴黎、耶路撒冷……他只能和他的敌人共享一种母语——德语。他的境遇使人想起卡夫卡："无法不写作，无法用德语写作，无法以别种方式写作。"他在强势语言中创造了一种弱势的语言，用语词发明来改变德语的性质。精神国土的虚无和丧失，对不可言说之物的持续言说，这些策兰式的主题塑造出许多诗人自我认同中的崇高感。

策兰几乎在用使用物质的方式使用词语："更换地址，在物质中间：/回到你自己，去找你自己，/在下落不明的/大地之光里。"他的词能够紧紧缠裹物质，或者切开它们。他的词语以一种坚硬、绝对的面目出现在我的眼前，就像伽达默尔谈论策兰时所说的："有些东西曾经如此寂静地结晶着，有些东西曾经如此微小、如此光亮并且如此精确，那种真实的词即是这样的事物。"结晶般的质感，来自策兰要告诉我们的重要之事：一个固定的点的确存在。"存在和真理，即便如今失去了一切对整体的把握，也还未曾消失。"（阿兰·巴迪欧，《论保罗·策兰》）对于策兰的喜好，也包含了我对于后现代文化及其阐释方式的强烈怀疑。

但是没过太久，我就逐渐意识到，我最初对策兰的阅读是一种非历史化的、脱离了语境的阅读。他的杏仁、七支烛台、石头、蕨、玫瑰、上帝……一开始我并没有认识到这些富有犹太气味的隐喻所承载的文化内涵。后来，在进一步认识策兰的过程中，我一次次惊讶于他的文本是如此之厚，无论你从何种层面去读它，都难以将它穷尽。他的每个短句子都像松枝上的松针那样自然生长但紧紧贴合。那些仅根据意象或词语的表面风格试图去模仿策兰的诗人是无法接近他一丝一毫的；我们无法获得那发出策兰声音的器皿，我们也无从凝视他曾对视过的深渊。策兰向我们展示了那种诗歌理想：他凭借词语来搭建他的房屋，将一种普遍性的个人经验而非仅仅针对某个特定民族和事件的发言灌注到词的缝隙之中，但与此同时我们又能无数次地从他的词语表面窥见抵达历史深处的门。他被太多的哲学家、思想家谈论过，足以证明他文本的张力和厚度。

最初打动了北岛也影响了我的这几个西方诗人都有很强的超验性背景，或者生长于某种宗教文化中，但我关注的重点似乎始终不是这种宗教性本身，而是它看待世界的视角和这种视角带来的诗学效果。即使是以否定方式来靠近的确定性、绝对、整全，对我而言也有着强大的魅力。我们最初就是在一个丧失确定性的世界里展开文学阅读和自我社会化的。

后来很多年里，让我感到欣赏、共鸣的诗，都恰好有宗教性的一面，比如我曾偶然读到的诗人丹尼丝·莱维托夫，还有我反复阅读的美国华裔诗人李立扬——他的诗是少见的可以用来朗读的诗，我也不止一次在宿舍楼无人的阳台大声朗读他。我喜欢的穆旦、痖弦，他们笔下也能见到神的身影。和大多数中国人一样，我没有宗教信仰，也从未认真考虑过信仰宗教，但因为诗歌对我来说或多或少意味着“另一重现实”，是不同于散文世界的表达，我反而总是愿意寻找与我们当下普遍的生活境况形成对照和补充的面向。

在穆旦、痖弦那里被呼唤的神，也已经并非里尔克、策兰、艾略特、奥登的神。中国诗歌里的神是一种被翻译过的超验视角和美学，是面对一个诗人无法解释的、被重重历史苦难包裹的生存世界时所想象出来的绝对视角。有时，这种视角并不需要神的出场，它造成了类似戏台的效果，像痖弦那样。他用现代主义、存在主义的语调传递十分古典的情绪，用富有音乐性的语言和整齐、有规则的诗形书写那些崎岖不平的人事。他的诗持续地给人带来宣泄、净化和治愈。在他笔下，平凡生活中的苦难和艰辛何其深厚，超出了文学思考的范围。我们在体会诗歌的治愈效果的同时，实际上也是在体会那些令我们痛苦的事物本身，体会它对于生活和生命的意义，在内心深处认同着里尔克为诗人规定的生活、工作准则：生活是有机的，“你的生活直到它最寻常最细琐的时刻，都必须是这个创造冲动的标志和证明”。三十多年来的当代中国诗歌不断寻求语言和现实之间的平衡关系，我有时却不禁怀疑那种急切与现实建立关系的欲望实际上正是来自这种根深蒂固的二元思维，并进一步加剧了两者的分离。

四

一些经典现代主义诗歌中十分重要的母题、词汇、意象、气息，确实在很长时间里不断离我们远去，成为“下落不明的大地之光”。爱、死亡、孤独、信仰，这些词由于过度使用以及庸俗的流通方式而历经通胀，我们越来越缺乏对这些词语的身体性的体验。当我愈加清晰地辨认，当代社会的理性话语和主体再生产逻辑几乎彻底地将痛苦、疾病、死亡、非正常状态从日常生活中隔离了出去，当我发现我的同代人和更年轻的一代几乎无法形成对生活的整体感觉，我才再次感到诗歌阅读和写作能够在一定程度上成为重建内心秩序感的方式。

在大学阶段，我进入了“严肃”学习写作诗歌的时期，一度大量阅读中外诗人的作品，但主要着眼于技艺的修炼，因此我领略到的更多是“术”而不是“道”，大多数作品可能令我一时赞叹，但是过了许久之后就发现它实际上难以进入自己的内心体验。当时我频繁参加诗歌社团活动，也偶尔主持讨论，抱着做课堂报告一般的心态去阅读，结果发现那些讨论过的诗往往都是最难以给我留下印象的诗。似乎在最初学习写作的时期度过之后，模仿的本能和热情渐渐消退，大部分诗歌只能提供片刻的感兴，而难以真正“寄生”于我的感受和理智器官。

这个时期我也开始密切关注身边当代诗人的写作，这些诗参与到我和这些诗歌作者的实际交往中，并不断加深着我们彼此之间的理解。王辰龙、砂丁、李海鹏、苏晗、方李靖的诗各不相同，但也共享某些相似的心性和情绪。其中一些诗为我们这代人相对匮乏的历史感觉做出了修复性的努力，它们或许未必“正确”，但是有效。诗歌展示了个体面对庞大历史时的细微感受和处境，特别是在历史本身越来越难以得到完整言说的时候，是这些诗一次次为我们开启现实罅隙中的生动细节，持续抵抗着弥漫在我们每个人周围的漠然。

就在同一时期，微信的迅速普及和微信公众号的兴起，悄然改变了许多读者的阅读方式。微信平台传播法则所追求的效率、经济性，实际上和现代主义诗歌信奉的语言的经济性不谋而合。微信公众号从诗歌中榨取的价值往往表达在文本编辑中的标题、摘句、加粗效果上，它们的传播带上了难以回避的鸡汤色彩。因为这种诗歌流行方式造成的负面观感，而我自己也曾短期从事为公众号炮制近于鸡汤的诗歌解读文字，所以在一段时间内我的确对一般意义上的诗产生了审美疲劳的体验。同时，由于年龄、处境带来的客观条件的变化，诸种现实问题愈加急速严峻地展开，面对学业、工作的压力和日趋机械化的生活，我很少再像从前那样密集、长时间地读诗，大部分阅读时间也被其他门类的书所占据。

然而，这也并不意味着我彻底放弃了诗歌阅读。暂时疏远了对“术”的热切心情，让我得以重新考虑“道”的问题。出于从小对民间音乐的爱好，我曾为一位朋友的传统音乐档案整理工作干过一些杂活，当我读到新疆都塔尔歌曲中的唱词，那些唱词的音乐性以及它与旋律的完美结合，久违地唤起了我最早接触诗歌时的那种甜美、惊奇感受。我在思索，这些音乐的工匠，将来自民间或诗人创作的歌词和他们对乐器、旋律、音乐传统的理解如此贴切地缝合在一起，仿佛让我重新看见那更大的诗意。与之相比，我们所熟悉的当代诗又为何频频显得拘束而困窘……在一首传遍新疆的伊犁民歌中，歌手唱道：

西方来的风，吹倒了葡萄藤
称作“心”的那个疯子，你抓不到

当我和一些并非“专业”诗歌读者的朋友谈到诗歌时，我发现他们心中的诗在很大程度上仍然保留了可以“歌”的禀性，这也让我怀念起那些民歌来。许多人对诗歌的兴趣似乎仍然在于，相信诗歌能调动起集体的情绪，能在个人经验的基础上对那些最普遍的主题保持抒情的意愿和强度。

我曾短暂地到访亚美尼亚，印象格外深刻的是亚美尼亚并未经历过“言文一致”的语言工具革命或“白话文运动”，他们的诗歌与古代诗歌保持着更加连续的关系。根据对亚美尼亚当代诗歌英文译本的粗浅阅读，我发现许多对当代中国诗歌来说十分常见的词、心绪和句法很少出现在这些诗里。这个事实再次提醒我，也许我面对的文学传统和文学现状，反而是多少有些“不自然”的状况，是一个事件和许多事件造成的结果。那些缺乏我们所认为的“现代主义诗歌”的民族和语言，又会怎样去感受和书写他们的生活呢？当我阅读为维吾尔木卡姆歌词贡献了重要来源的诗人纳瓦依，我不仅为其诗中苏非主义的迷醉境界所打动，更逐渐意识到，作为一个出生于二十世纪末的当代人，之所以觉得这些诗的词汇表十分有限、主题不断重复，很大程度上不是因为自己拥有一个更解放、启蒙、现代、理性的“主体”，也不是因为自己生活在一个更加复杂的时代，而恐怕是因为，我们无法再去体会那些词语在不同诗句、体裁和语境之中的微妙含义和差别了。是我们自己的心被太多的语言喂养得粗糙、麻木，而非相反。当然，我们的语言和历史一样包含着不可逆性，但我越来越渴望接近的，是清晰和确定，是那种要把我们带到“如此光亮、如此精确”之物中去的诗。

躺在铁轨上书写

——读耶日·科辛斯基《被涂污的鸟》

1982年3月21日的纽约，在一次以“容忍我们的过去”为主题的集会中，耶日·科辛斯基对六百多名大屠杀幸存者高声发问：“我们能够变得粗俗、野蛮、邪恶吗？是否一个人只能够暗示而不能大声诉说？一个人要如何面对自己的过去，当它也同时是六百万人的过去？在这个社会上，我能够活得多隐秘，多真诚，多直率？”这些问题依然令我们感到呼吸困难。

《被涂污的鸟》这部黑色经典，可以看作他对这一系列问题的回答，或者某种持续性的、如噩梦一般的再度发问。由于此书大量描写了普通民众主导的暴力现象，它曾被指控为科辛斯基对于祖国波兰的有意诋毁、丑化，曾在波兰被禁二十三年。

和这本书一样，科辛斯基本人的经历也颇为曲折。他的真实人生在重重身份的包裹下显得扑朔迷离。“二战”中，为了保存孩子的性命，他的父母采用了一系列方法来掩盖犹太人的身份，包括使用“科辛斯基”这个假名。

他自称九岁时，自己因为战争的创伤而失去了语言能力，这段喑哑时期持续了四年之久。青年时代，他学习摄影技术，从波兰来到苏联。1957 年，他打算逃离，而为了顺利移居美国，他伪造了一个为自己提供资金的基金会名目，而且还伪造了当局保证他将会回到波兰的证明信。他成功拿到了护照，抵达了纽约。此时他二十四岁，口袋里只有 3.8 美元，一句英文也不会。几年后，他成为美国文坛最受瞩目的新星之一。

据说，通过学习和记忆俄英词典，他用四个月就学会了这门外语；他做过电影放映师，卡车司机，还曾为哈林区的毒贩开车。1958 年，他顺利得到了福特基金会奖金，进入哥伦比亚大学。他最初的作品《未来是我们的，同志》（*The Futrue Is Ours，Comrade*）是一部有关苏联社会的非虚构作品。不久后，他和国家钢铁公司的创办人、大富翁恩尼斯特·韦尔的遗孀玛丽·韦尔结了婚。六年间，他过上了最富有的生活，住在私人游艇和别墅里。1966 年，他的妻子病逝，而他无法获得任何财产。

正是在科辛斯基和妻子一起享受美国上流社会纸醉金迷

的生活时，他开始着手写作《被涂污的鸟》。或许，他想借此获得再次与自我喁喁私语的机会，用一种锁闭在内心的、只能靠伪装成英文来表达的母语，重返完全属于他私人的记忆：一个在满目疮痍的东欧游荡的、被遗弃的男孩。只有这样，他才会时时想起存活本身带来的快乐和觉醒。

科辛斯基表示，这本书是献给妻子玛丽以及她所属的整个国家的"礼物"。他有意向生存在泡沫幻景中的新大陆居民展示一个完全陌生的残暴世界，仿佛他在无辜地耸耸肩，说出他所理解的生存的本来面貌。

书名"被涂污的鸟"，来自这样一个情节：一个捕鸟者将捕到的一只鸟涂上五颜六色的颜料，然后将它放回天空。但鸟群认为这只鸟是异类。它越是向自己的同类靠拢，越是受到同类的攻击，最后的结果是被群鸟攻击而死。这个"被涂污的鸟"象征着小说的主人公——"二战"期间被迫与父母分离的男孩，他在东欧的破败村庄里不断流浪，因深色皮肤和深色眼睛而被村民视为招来不祥的人。

整部小说弥漫着硫黄般的气味，如一首被无限延长的死亡赋格。读者看到的是难以置信的骇人场景，人们相互伤害又寻欢作乐，悲哀和恐惧混杂着狂喜。

与一部分中国作家所书写的战乱、暴力、饥饿等创伤经历不同，这部书的孩童视角格外引人注意。作者没有采用上帝视角，简单地对善恶发表议论和评判；也干脆放弃了成人的视角，感慨战争留下的伤痕。他选择以孩童的冷静、带有几分无知的口吻，勾勒出人间展露出的种种丑恶。只有孩童的心灵才能够将道德判断悬置起来，于是他在漫长的流浪之旅中不仅见证恶，也与恶一起生长、演化、相互舔舐和缠斗，直到艰难地摆脱。

因为主人公并未直接目睹战争场景，所以小说所集中书写的是普通民众中间的恶：一个农民采用剜眼球的方式对情敌实施报复；为了不被木匠杀死，“我”不得不让木匠被一群老鼠活活吞噬；一名神志反常、放荡的年轻女子被村民合力凌辱至死……似乎战争的暴行，只是每一个人所参与的日常的延续。恰恰是道德上不动声色的叙述姿态，深深地感染和刺伤了我们。只要活着，只要仍在呼吸，在“我”这个小男孩眼中，一切都有可能焕发某种超乎道德的光泽和美丽。

我认输了。现在我自己变成了一只鸟，在竭力

> 摆脱大地对我那双被冻得冰冷的翅膀的束缚。舒展开自己的四肢，我加入了乌鸦的行列。一阵清新的复活之风突然把我托起，我径直飞进了地平线上的一缕阳光，它像拉满的弓弦一样紧绷在那里，我发出欢快的叫声，我那些长翅膀的伙伴哇哇地模仿着。

这是“我”被固定在泥土里、头脑被乌鸦啄得伤痕累累之后所体验到的景象。在书中，暴力描写几乎总是伴随着这些富有抒情性和审美意味的句子，而那些原本正常的人类行为，在“我”的眼中也都显示出它的暴力和创伤性质。比如性和爱——在主人公看来，人和人无法相互理解，“他们互相吸引或发生冲突，互相拥抱或彼此践踏，但每一个人想到的只是他自己。他的情绪、记忆和理智都把他和其他的人分开，就像茂密的芦苇把河道和泥泞的河岸有效地隔开一样”。

作为一个幸存者，“我”对暴力更加冷静和迟钝。在这本书审判邪恶时，最令读者震撼的不是这些恶行本身，而是一个成长中的个体对恶的学习——在一个完全反常的世界，“我”只能通过适应这种恶的准则来保全自己，而且这种恶确实并非天然，它可以被习得，可以被训练，它无形地进入了“我”

尚未被国族、伦理、文化观念所浸满的身体。“我”甚至偷偷学会了用火车转辙器来造成火车脱轨。“我”也开始承认，能够掌握他人的命运“是一种极好的感觉”。

然而，这部书最深刻动人的意义，不仅仅停留于对战争和暴力的记录，而是在于对人类总体处境的揭示和象征。我们每一个人，都是“被涂污的鸟”，都带有作为“少数”和“异类”的痕迹，并且总是受到那些“大多数”的围攻和损害。在这种人为建造的隔阂下，人和人之间失去了基本的信赖，渐渐地，我们自己也将带有色彩的羽毛伪装起来继续生存。因此这也是一本具有高度存在主义色彩的书。如科辛斯基所说，他所有的作品，都旨在探讨“我们自己是谁”。当然，这个“谁”恐怕是一个复数，是一个可以在多种身份之间切换，并且有时只能通过切换来逃离外部审查、压制和监禁体制的主体。

当我们在临近结尾时读到，主人公在孤儿院开始喜欢上表演躺在铁轨间、让火车从身上呼啸而过的惊险节目。当火车驶过而他毫发无伤，他便带着胜利的喜悦和战胜恐惧的权威，向他的同伴们展示他的幸存。阅读这个段落时，我们实际上是和这位主人公一起感受抵抗死亡的强度。

躺在铁轨之间让火车从上方呼啸而过具有一种极富吸引力的东西。在从机车经过到最后一节车厢离去的那些短暂时段，我感到我体内的生命像小心地从一块布中滤过的牛奶一样纯粹。在那些时刻我会忘记一切：孤儿院，我的喑哑，加夫里拉和“沉默者”。在这种经历的最底层，我找到了因未受伤而感到的巨大快乐。

每一分钟我们都在抵抗着死亡，只不过我们原本已经忘记。我们的生存，不只建立在抵抗死亡之上，它本身也是由无数陌生人、同类、不幸者的死亡所构成的。这一刻，他所体会到的牛奶般的纯粹，也流过我们仅仅通过阅读它们便感到战栗的身体。

科辛斯基这段跨越东西方两个极端世界的生命线索，几乎和“冷战”时代同时终结。他的人生故事，也代表了一部分犹太族群流亡者和战争的幸存者来到新大陆并重新开始生存的非典型性故事。我们可以在他笔下追踪到东欧文学中的

"伤痕"、卡夫卡的主题，也有美国所谓后现代小说乃至后来兴起的极简主义叙事的影子。对过去身份与记忆的中断和重启，也成为他作品的潜在结构。即使是在对比波兰语、俄语和英语时，他依然表示，作为他的母语的前二者携带了大量的压抑性因素，而后来学习的英语却让他获得自由、灵感和成就。

不可否认，科辛斯基的传奇性确实部分地得益于他自我建构的叙述，以及他对美国神话的信赖和熟稔。作者反复强调，他的书旨在传达那种自我选择、自我决定的感受，即活着本身的感受——"我所崇拜的就是那种活着的感觉"。他引诱读者说，只要读了他的书，他们就能重新解放自己，将自己从极权主义和大众媒体的塑造中解脱出来。

作者承认，他的写作正是从谎言开始的："即使是在我道出真相时，我也仍在说谎。"换句话说，他的人生也是从扮演开始的。科辛斯基的确比大部分作家都更善于接受采访、在公众世界中展示自己。他和包括导演罗曼·波兰斯基在内的诸多名流交好，还在沃伦·比蒂的电影《烽火赤焰万里情》(*Reds*)出演了一个角色。但与此同时，他又保留了个人经历中最神秘的一面。他重述着自己的故事，但每一次讲述又在许多细节上有所不同。在大量的采访中，他每一次坚定的断言，都暗暗吻合着战后西方世界所宣扬的审美和道德规则：个人主义、存在主义，艺术对大众文化的打断和冲破，甚至也包括这种艺术的迷魅——科辛斯基作为非英语母语者对英语本身的加倍敏感所造就的字斟句酌效果。

尽管《被涂污的鸟》与科辛斯基的个人经历并不如一开始所宣传的那样吻合，也无法让人否认这部书在文学上的耀眼地位。它从头至尾笼罩在一种危险而逼真的梦境般的气氛里，锐利的笔触沿着虚构和非虚构的边界滑行。有记者曾经问他，《被涂污的鸟》的主题是否就是“二战”留下的阴影。他解释说，这阴影应当也存在于许多美国民众中，他们被资本和媒体所裹挟、塑造，用电视机向他们传达的欲望代替了自己真正的欲望，他们已无法认识到“自我”。

此后，科辛斯基的创作几乎很少涉及战争主题。他写作于 1970 年的小说《在那里》（*Being There*）后来被改编成电影《富贵逼人来》，而大卫 · 福斯特 · 华莱士曾表示，这部电影深深影响了自己的创作。这部小说讲述一个园丁通过从电视上学来的一切而跻身上流的故事。后来华莱士自己的小说也大量地以反讽手法描写电视给人的生活带来的种种影响。

可以说，科辛斯基的作品也间接开启了二十世纪七十年代以后美国文学和电影反思大众媒体这一主题。他对基于“异化”的现代人“创伤”之理解和敏感程度可以窥见一斑。

1991 年，在这一对于世界政治同样饶有意味的剧变之年，科辛斯基在精神和身体的折磨之下最终选择了自杀。一位读者得知这个消息，写信给报纸道：“耶日：无论你身在何处，那里都不会再有被涂污的鸟。再见。和剩下的那些鸟骄傲地飞吧。”也许科辛斯基在诸多面孔下唯一信奉的自我主宰和自由意志，只是一种和社会准则同样清晰逼真的幻觉。但当你翻开他的书页，你仍然能在每一个字中感受到那种尖厉但你不愿终止的嘶叫。它们仿佛在不息地摇动我们每个人身上视而不见的锁链。

《伐木》：死与真

《伐木》是将小说改编为戏剧的典范。导演陆帕以丰富而细腻的表现形式，复活了原本难以呈现的心理内容和文学性。时间本身作为一种主题，在两百六十分钟的长度里得到了最大幅度的表现，因为最外层的叙事几乎是一个等速叙事：四个多小时的叙事时间恰恰吻合于故事时间。

该剧展现的情境是由独立艺术家乔安娜自杀这一事件引出的。她的艺术圈朋友们为了哀悼和纪念她而在奥斯博格夫妇家中举办晚宴。到场的客人们是作家、画家、演员，他们谈吐间流露出虚伪、空洞、浮夸和惶惑。剧中的叙事人托马斯·伯恩哈德也即小说《伐木》的作者，大部分时候都坐在椅子上，向我们吐露他对这次艺术家晚宴和赴宴客人们的评价。但舞台内部的时空也是多层的：客人们坐在四面透明的立方体房间内，与房间外承担叙述的托马斯构成了张力；舞台上方的视频投影既是补足叙事的功能性手段，又因其与演员现场表演形成的蒙太奇关系而构筑了另一重心理空间；黑白短片视频和在不同场次中不断转动的立方体房间通过空间的转换而烘托出时间的神秘性，将观众带入如烟似雾的感性气氛之中。执着于舞蹈和表演的乔安娜，经历了与历任男友分手的困境，而她创办的动作工作坊也难以维系，加上酗酒的习惯，这些都成为她自杀的动因。但有关她死亡的具体情形，众人的追述迷离涣散，似乎成为难以接近的刺点。

我认为《伐木》提出的基本问题是艺术和真实的关系问题。从根本上说，艺术家的工作是对真实的模仿，而这也是他们的原罪所在，因为对现实世界的“僭越”带来了人生的“颠倒”，一如演出中一段脚上头下的视频所暗示的那样。他们幻想创造出另一个高于真实的艺术世界，这一等级关系消耗了他们自身。乔安娜身上就展现了这种属于艺术崇拜者的典型命运：她希望摆脱闭塞的小镇基尔布，摆脱平庸和灰败的童年记忆；她认为，艺术超越了对自然的模仿，是创造美好生活的途径，并且能给出比她自己“更真实”“更好”的东西；但事实上，与她所笃信的相反，没有任何艺术创造物和人造品在“美”和“真”上能胜过自然宇宙本身。乔安娜所以为的艺术并没有帮她解决自身的困境，反而将她引向死亡。我们看到回忆中的乔安娜，或者她的亡灵，身着华美的衣饰（也是艺术家的一种身份修辞）颤抖着试图跃出舞台边缘而终究收回脚步；或者在她更年轻时，她惮于裸身走出的恐惧，这些都成为某种象喻，即流连于符号世界的主体始终不能也不敢进入真实世界。她以其自身肉体完成着对艺术本身的人格化——艺术将世界“赤裸裸地”呈现给我们，正如乔安娜自己所渴望的那样，无限敞开。但摒弃了“衣服”，也就摒弃了主体和客体之间的中介，对人生和艺术品的混淆是悲剧性的。

汉娜·阿伦特指出，人生是这样一种故事：我们既是其行动者，又是其遭受者，但没有人是故事的作者。因此，“我们创作了自己”实际上是一种幻象。乔安娜们最大的悲剧在于，他们没有认识到，自我的本质，并不依赖于他自身对象化活动的结果，即艺术创造并不真的比“人”自身更重要。第二幕中，托马斯独白说道：“我们什么也不是，他们把我们创造出来”，“他们把我们塑造成天才，就像他们把我们变成了罪犯一般”。艺术家以为他们追寻着自身的独异性，实际上也不过是在向某些人、某个艺术体制寻求着资格和认可。

对于颠倒了真实和模仿的艺术家来说，自杀是让世界停止在符号中不断循环和损耗的唯一方式。在死亡中，符号湮灭。但在（伪）艺术家们的谈论中，乔安娜的死被形而上学化了。客人们怜悯和赞美她为艺术的牺牲和受难，却再一次忘记，生活和死亡都是一件真事情，她形而下的痛苦是被过滤了，因而现实人生的苦难真貌也再一次被掩埋。将她纪念碑化的煽情哀悼，事实上也将她本人遗忘在那似与艺术化的生命极不相称的、包裹尸身的塑料袋中。众人对话里的鸡毛蒜皮和没话找话，也与死亡应有的沉重严肃形成了对照。

年轻的乔安娜讲述她曾梦到一位挂毯编织家，而他正是她后来的男友。在梦中，当她看到他的作品，发出了这样的感叹："我就知道世界上会有这么美丽的东西存在。"而他也对她说，他也知道世界会有像我这样美丽的人存在。看到这里，我们甚至感到心碎。插叙形式造成错落的时间顺序更强化了这样一种事实：或许我们并不是在遭遇事件，而是一直从现实中辨认所欲求的理型般的虚像。他和她认出彼此的唯一，某种程度上也承载着对久已散失的共同体的追忆，在这一共同体中，人们可以真正成就卓越、获得赞赏。但被伯恩哈德极力讽刺、揭露的艺术家晚宴，充分证明艺术家的共同体只是乌托邦。塞巴斯丁广场上的波西米亚人们表面高雅而内心鄙俗，贪恋世俗成就的他们早已在国家与公众的威逼利诱之下

性和反意识形态性作为一种外部问题包裹着个人的窘境。他们愈是斥责外在世界的强力，就愈是反映出对内心悲剧和人生悲剧的言说是一种不可能，正如对死亡的言说是不可能。

心脏、珠宝、花苞、星星：乔丽·格雷厄姆的“大饥饿”

英国作家劳伦斯·凡·德·普司特曾描绘过，在非洲的卡拉哈里沙漠生活的原始族群相信人有两种饥饿：一种是“小饥饿”，一种是“大饥饿”，前者是渴求食物，后者则是渴求生命的意义。所有作家和诗人都讨论意义，但很少有人像美国诗人乔丽·格雷厄姆那样持续地表达着“大饥饿”，并为“大饥饿”而写作。

在很长时间里，这位在英语诗坛早已备受瞩目的诗人在中文世界迟迟没有得到系统的翻译和出版，某种程度上是因为她的诗在体型上就十分庞大、野心勃勃，而句法也格外多变和富有挑战性；但更深层的原因，恐怕是因为我们汉语读者和诗人并不非常熟悉这种赤裸裸地直面“大饥饿”的诗歌写作。

现代诗艺发展到今天，早已不乏抒情的，甚至滥情的作品，不乏以自我为中心的低吟浅唱，也不乏强硬的控诉或空灵的冥想。然而，格雷厄姆的声音是独特的，她综合了诸多前辈大诗人的诗艺，并发展出吻合于当代日益复杂和碎片化生活的形式。她对“个人性”的摒弃比艾略特更为彻底，那些纯粹由私人情感材料构成的生活片段不是她的主题。在她笔下，个人生活都是观测人类情感、思想、意识、历史和自然等外在于个体的重要概念的途径。

从人的头脑、心脏，到星辰、鸟群、暴雨后落在地面的枯枝，再到监狱、墓园、医院，她开垦过众多斑驳广袤的土地，不局限于日常人类视角能够发掘的诗意，反而往往像是一个外在于人类的摄影者，将潜藏在对象物中的细微之处展示出来。

有些东西离爱远去，比我们想象得更为疏离，
从对我们如生命般漫长而有序的句子这边远离，干枯的
树叶
在原野上
萌动的新芽在闪耀
原野也在闪耀，湿润而卷曲的嫩芽尖四处

倾倒——

……

比仇恨、原谅、记忆、健忘、历史、沉默

精确、奇迹都更为宽大——需要

更多犁沟

(《接近黎明》)

纸页上的诗行仿佛是她留下的犁沟，诗句的犁在平静尘土中留下痕迹，掀起波澜。一个个犁沟将那些重大的主题包含在精确微小的种子里。她写于二十世纪八十年代的早期诗作句子短而急促，但不久后她就转向了呼吸更为深沉的长句，它们劈开页面，携带旋转、涌动的水流而来，时而纤细敏锐，时而喷薄暴烈。阅读《众多未来》这部汇集诗人近四十年诗作精髓的选集，也仿佛见证这样一条河流从幽深湍急到华美丰沛的发育过程。这条河流，我们最初是在她那首虽然短小但分量厚重、光彩夺目的《鲑鱼》中看见的。在这首诗中，诗人描绘了鲑鱼艰难地服从本能逆流而上的旅程，继而将这种本能运动和“我”幼年偶然窥见的一次男女欢爱的画面类比起来。鲑鱼努力超越河流的方向，跨越生死的界限，回到出生地产卵后死去。当“我”目睹这一幕，便回忆起那对情人努力抹除二人身体界线的画面，那条线就是“世间仅有的阴影”——这唯一的阴影，是自我无法超越的局限，是我们不能和他人完全感同身受、融为一体的原因。诗人正是这样去理解爱的，爱是去跨越难以跨越的藩篱。

格雷厄姆为我们展示的日常平凡的事物无疑重新披上了神秘的光泽，而更重要的是，她的一切写作都隐含着一个主题，即大胆的越界，比如发现遥远之物的关联，发现被我们的理智所遗漏的微妙信息，发现我们这些隔绝孤立、寓居都市一隅的当代人仍然隶属于自然和宇宙的本质。

或许受益于视觉艺术特别是电影专业的知识与训练，格雷厄姆格外善于观察和切分外物的运动过程。纯粹静止之物无法引起她的兴趣。从这个意义上说，济慈的“希腊古瓮”所传递出来的柏拉图式的宁静、恒定，在格雷厄姆的诗歌世界中已不再存在。世界的稳定与均衡被打破了，我们的心智，正如她笔下的乌鸦那样焦躁不安，不断试图寻找安稳的立足点：“向四周环顾，否认万物的资格 / 在某个半径以内的所有一切都无法提供线索 / 帮助他寻到心中的目标。”（《思考》）

更多时候，我们很难把她的诗截取出一小部分来讨论，其诗中也没有传统诗歌中的那种“意义中心”可以让我们安稳栖居，取而代之的是一连串不断“趋近意义”的过程。不仅是外物，她也细细描摹了人的意识活动。跟随着格雷厄姆，我们一刻也不会停止：“你必须寻找 / 作为人的情感，/ 在你的掌心感受 / 天际高耸的云朵划桨给你送来的东西——那会永远替代 / 头脑的静止的东西。”（《未标注日期的摇篮曲》）格雷厄姆曾在访谈中表示，人的情感本身就应该不断地运动发展，固定僵化的意识则是恶的来源。

如果说伊丽莎白·毕肖普在一首诗中的构思，常常是由对自然的描摹、冥思发展到人的历史和生活，那么我们将看到，格雷厄姆那冷静的镜头，捕捉的往往是自然与人的心灵和历史交融在一起的情境。在她笔下，人并非独立于自然的一部分。人对自然或外物的主从关系已经完全消泯和颠覆了，我们只能很少地、局部地认知自然，但自然却先行认识了我们。

花圃在太阳系中旋转

聆听——

同时聆听舒伯特与灌木

在太空某处我们

被悬空

……

从打开的门后传来提琴声，在我们身旁

在树林边缘最后一丛灌木里——

我们能听到它们吗

这些花苞被这个太阳系承载

萼片成为容器——

（《双螺旋结构》）

极小的“花苞”和巨大的“太阳系”平列，这种空间尺度上的巨大伸缩力构成了格雷厄姆诗歌最显著的景观之一。“聆听”不再是单向的过程，而是漫溢在宇宙之中，发生在不同生物之间的。我们不仅聆听琴声，也被自然和永恒所“听见”，但我们还有许多尚未听见的声响，譬如花萼的绽开，而要听到这些，则需要调动我们的想象力。正是人的想象力，把我们和万物连接在一起。这首诗的结尾部分写道：“现在没有什么可以阻止它 / 这就是我们微生物般的 / 想象力 / 就如同在这里 / 在这个页面上 / 这支中性笔 / 会书写 / 他完完整整的所有旨意。”作者认为，只有语言和书写才赋予我们认知和想象事物的能力，而归根结底，这也是为看似无意义的花苞、萼片、太阳系和舒伯特赋予“意义”的能力。

在美国诗歌的历史中，惠特曼和艾伦·金斯堡创造了一种诗行很长的、气势磅礴的“词语墙”，而在艾略特、玛丽安·摩尔、约翰·阿什贝利、乔丽·格雷厄姆那里，我们都多少能看到这种形式。格雷厄姆意欲利用这种形式，对抗那种对于现实过于简单化的、被动消极的认识。在她看来，我们的头脑只有很小的部分是理性化的，大部分时间里，我们都在一心多用，潜意识和意识同时活跃地处理着外部的多种信息。然而，当代愈益无孔不入的媒体信息技术则采取了截然相反的策略，它们削减信息的含量和复杂性，提炼出过于简单和夸张渲染的标题、观点，而背后的推力则是日益图穷匕见的自我鼓吹、贩卖的需求，最终旨在控制我们的消费，我们的大脑和精神。在格雷厄姆看来，诗歌所要做的，就是拒绝被简化的理解方式占领，恢复我们对现实的身体性感受——这种感受必定是复杂、含混的，包含着无数微小的张力和冲突。我们在她众多的破折号里感受到的也正是这些矛盾与冲突，但它们并不是要为读者的阅读制造路障，相反，我们跟随这些破折号进入的是“世界为自己松绑”的语言流。借助自由的意识流动，那些被手机电脑屏幕所切分、虚拟化了的事物之间、人与人之间的联系，将得到切实的恢复。在这个匆忙又焦虑，来不及感受也来不及动情的时代，或许这就是我们继续阅读诗歌的意义之一。

“到访平行世界”：丹尼丝·莱维托夫入门

一

2015年冬天的一个下午，我只是在图书馆随意翻阅，恰好看到了这本显得很新的《莱维托夫诗全集》（*The Collected Poems of Denise Levertov*）。封面足够吸引人，因为它用了塞缪尔·帕尔默的画——典型的浪漫主义风景，但带有怪异和超前的威廉·布莱克式的装饰感——后来对诗歌本身的阅读印证着这一图像带来的想象。接下来是一见钟情的时刻：当我翻开，稍作阅读，并且多读了几首以确认其平均水准，就很快认定，这是符合我口味也贴近我自己声音的优秀诗人。毫无疑问，与高亢雄辩或世故华丽的语调相比，我更加偏爱莱维托夫这样低沉、亲密、不加矫饰的声音。于是，在略加挑选之后，我便立刻着手翻译工作。这么做并不是因为我完全克服了语言层面和理解层面的困难，而恰恰是为了克服这些困难，为了更透彻地认识莱维托夫，我才开始了翻译。

理解这位诗人的起点，一定是她特殊的来源和身份。莱维托夫出生于英国埃塞克斯郡，但她的父亲原是俄罗斯犹太人，母亲是威尔士人，而且两人的家庭都有深厚的宗教背景。她后来因为婚姻关系，跟随丈夫来到美国生活，最终成为美国人。因此，她将自己形容为一株不扎根于土壤的“空气植物”。但也正因为此，她在一生中都保持了高度的机敏，并吸收了不同时代和地域的人文传统。莱维托夫从小便在家中接受自由的教育，而非参与学校的教育。这使她具备了良好的文学、绘画和芭蕾舞蹈的才能。在十二岁时，她曾获得艾略特的鼓励，而这也在某种程度上刺激她确认，自己作为诗人是终生的志业（尽管刻薄的艾略特为何会给小姑娘回信，仍是一个谜）。

莱维托夫的父母同时将反叛的性格和宗教神秘主义资源带给了她。她父亲的祖辈是犹太教拉比，但他自己却成了英国国教徒；她的母亲逃离了保守的家庭，远赴土耳其寻求职业。这对夫妻也热衷于参与反战活动，并身体力行地为难民提供帮助。由于父亲一面的影响，莱维托夫也阅读了大量哈西德教派故事。她将家族的痕迹称为“线”，而她自己也被这条“线”所束缚和牵引。

有什么东西在轻轻地，
隐形地，安静地，
拉动我——一根线
或者线的网
……
当我以为
它已松开、消失
却再次感到它仍在拖曳我时，
并非恐惧
而是一阵惊奇
令我屏息。
(《线》)

当然，这首诗首先呈现出更为抽象的意义。这种多少外在于“我”的力量，无法直接说出却能够感觉的“拖曳”，是加在我们自身之上的重力，也是令自我意识得以形成的条件。如克尔凯郭尔坚持认为的，倘若没有超验的神性的目光，我们将永远只在主体客体之间纠缠，而无法认识“自我”究竟为谁。在莱维托夫这首诗里，我隐隐触摸到类似的启示。正是这些难于为理性所控制和阐释的时刻，令诗人对更大的主体保持虔敬，即使她此时还没有皈依天主教。

在哈西德派看来，万物皆是神的“火星”(sparks)，神性存在于一切生命。通灵的生命力，贯穿着莱维托夫对世界的观察。她常常写到动物，这类诗歌确实渗透了东方式的物我合一体验，但也更多地寄托了她对大自然的虔敬。譬如写到一只鹌鹑飞行时的轻盈、自在，并不受人类存在的打扰：“它令我化为空无，并径直穿我飞过。”(《鹌鹑》)对于另一个生命的凝视，甚至转化了人类的存在方式。

与神性直接沟通的神秘主义倾向，也反映在莱维托夫的诗歌本体论中。她在《雅各的梯子》一诗里将诗人的形象等同于《旧约》里的雅各：“那攀爬的人 / 必定要擦伤膝盖，并不得不 / 双手紧握。雕凿过的石头 / 抚慰着他摸索着的脚步。翅膀纷纷拂过。/ 诗，升上去了。”她借此表明，写诗这种艺术劳作能够使人触碰永恒和超验，而攀上这天梯，不仅是由于神的眷顾，更是人自身的自由意志和独特能力的证明。

二

在莱维托夫的写作中，颇为引人注目的是对声音性的强调。这一部分得益于她小时候和姐姐或母亲在宅子里大声朗读的家庭习惯，也有一部分是来自黑山派的诗歌观念。在二十世纪五十年代，她与黑山学院的几个诗人过从甚密，如查尔斯·奥尔森、罗伯特·邓肯、罗伯特·克里利等。无论是奥尔森提出的“投射诗”，还是克里利对音乐性的理解，都依然保留着庞德有关诗歌节奏的信条，即诗句是遵循乐句一般的节奏，而非节拍器的节奏。莱维托夫的诗歌也清晰地实践了这一观念。她自己多次表明，声音对于自己的书写非常关键，因为朗读中的呼吸停顿，构成了她诗歌分行的首要依据。换句话说，她的分行，为读者最直接地提示了阅读的法则。

之所以强调声音的行进，根本上是因为，诗人相信一首诗是历时性的过程，而非平面化和共时性地展开。在莱维托夫笔下，诗歌像植物一样萌蘖、生长。她往往倾向于展示某种自然事物或人类意识的变化过程，来导入某个事实或真理，而较少对某种气氛或环境采取平面描写，也避免直接的宣谕口吻。例如《决心》这首诗：

为了来到河流
小溪
急速穿过落雨的
丛林，覆盖
那些雨前
还是小岛的
突起的石块。

它已不再
清澈，还有
那淙淙的歌声。
浓稠的棕色，一大块
搅动的泥土
和它一起前行。

这声响，现在变成
一种直接的、强烈的
关于某个方向的
声响。

当然，莱维托夫也明确地阐释了她对诗歌“有机形式”的看法。在《关于有机形式的笔记》一文里，她简练而精准地概括了形式与内容的关系：形式有挖掘、塑型一个经验的作用，对某个经验的再次体验和表达只能在写作的进行中完成，而绝不是在它之前。她进一步提出，有机形式的基础是一种“统觉”（apperception）：诗人在写作中，必定调动了多种感觉，听觉与视觉、理智与激情都在更高的强度上相互沟通。这与她另一个重要的诗学概念有关，即“消极的能力”。这个始于济慈的说法在莱维托夫那里又有了新的意涵，她不仅认为写作者需要具备深入、静观事物的消极感受力，也对读者提出了要求（当然，任何写作者在作品的生成中也同时是自己的读者的角色）：要想正确地“听”一首诗，需要“削弱”过于精致的智性感官，以开启另一部分感知能力。她举了一首诗的例子，并说道：“我们需要以更不敏锐的方式去听。消极的能力，对于读者和作者来说，同样必要。这首诗作用于潜意识，如果你愿意，会发现词语的声音带来微小的效果。”她的诗歌试图向我们证明，写作和阅读诗歌的过程，应该是来到人类意识的阈限，探查那些已经出现但无法命名，甚至无法清晰感知的力量。

三

贯穿她诗歌的基本主题是一种事物的二元性。“世界之外的世界”或“世界之上的世界”（“world beyond world”“world upon world”），这个母题在她的诗歌中俯拾即是。对她来说，这个超验的世界，是诗歌的前提。这一世界有多种变体：有时是梦或者冥想，有时被比作不断嵌套的“中国盒子”。但无论如何，莱维托夫认为尘世的原型“无法 / 被索求，只能 / 在双眼漫游时 / 偶遇”（《花园围墙》）。要想抵达这个原型世界，似乎是凭借一些游移和恍惚的瞬间：“每当我们偏移了自己的迷恋之物，/ 自我的意识——因为我们游离了一分钟，/ 或者一小时，用来纯粹地（几乎纯粹地）/ 回应那漫不经心的生活。”

(《到访平行世界》)

这种追寻原型的观念，当然和柏拉图哲学以及所有浪漫主义诗学一样古老而常见。而莱维托夫的特殊性在于，她更关心和擅长的，不是申述这一更高的精神领域确实存在，而是探究它究竟如何为我们展现。诗人将揭示这一世界的职责，和她对于事物变化过程的把握与迷恋紧密结合了起来。在她看来，日常生活和理性不无缝隙，在充满安全感的表象剥落和坍塌之时，被封存隔离的世界就会骤然呈现。这些时刻与其说是危险的，不如说是充满了非理性的诱惑。

你听过，婴儿和古老的枕木
有时会在呼吸之间
停顿？
你知道察看它们
是种恐怖。
就像这样。

仿佛世界是一个念头，
上帝在想它，然后

又不去想它。神将心意

投向别处。呼吸和念想

会回来吗？

　　目前，是的。

（《危险的时刻》）

我们的经验充满停顿和间歇，尽管这种间歇具有夜与昼、寤与寐一般的规律，但和呼吸一样，任何链条都有可能磨损断裂。将我们所理解的现实，从基础部位拆毁和瓦解，是她的诗歌最令我着迷的部分。

柠檬树上悬挂的衣物

在雨中

而青草幽深粗粝。

序列断开，阳光的张力

断裂。

　　雨水如此轻盈

精密的碎屑

悬停于僵硬的叶片。

戴上围巾！从树上扯下

这些青柠檬！我不想忘记

我是谁，不想忘记曾在我体内燃烧过的

而成为那柔软清洁的，空空的衣裙——

（《五日雨》）

假如你有了一套观看世界的清晰方法，那么任何感性材料都可以解释你意识的核心。莱维托夫就是这样的诗人。在上面这首诗里，作者表达了那种想要依恋于自我认同，而又感到深深迷失，甚至感到恐慌的心态。如果不是经历过坚毅的思索和自我的苦斗，我们绝无可能像莱维托夫这样，从平凡宁静的自然风景中催化出如此剧烈的内心叫喊，为整首诗调动起风暴般的势能。她的神奇能力在于能够让凡俗的现实“短路”，而与不可见的精神力量直接相连。

四

莱维托夫令我格外佩服的另一个原因，是她对“非个人化”准则的理解和实践。据我所知，由于种种原因，特别是经历二十世纪九十年代诗歌风格的洗刷之后，当代汉语诗歌中真正非个人化的声音显得非常稀薄。而莱维托夫从写作初期阶段开始就有意训练自己，力图避免对“我”这一字眼的使用。当她感到自己的技艺日益成熟，便敢于使用第一人称，但也很少是在完全私人的意义上使用它。

一方面，莱维托夫对非个人化的态度是否定性的。如前所说，由于缺乏任何固定的身份认同，她需要不断地发明出“我”。混杂的血统和游移不定的地点也为她提供了自我认识的有利条件，即她并不依附于任何“直接性”的社群和意识形态，而是向一切经验与直觉敞开。她曾表示，她的童年绝不能说是属于某个城市，而只能说是属于某些具体的地点和场所。这正是她在《英格兰埃塞克斯郡西部的地图》一诗中对地名的处理方式：她列举了许多道路和溪流的名字，而且绝非能够唤起公共记忆的那类。但诗人恰恰想借此说明，这些她自己也并不非常熟悉的地点，如何勾勒出“我出生前就画好的旧地图”——出生地的环境在被理智所认识之前，就影响和改变了一个人的意识。这首诗有一句格外令人感动，但是很难被中文完全吸收：“如今，我了解与你在一起的感觉”（原文为“now I know how it was with you”，“now”和“it was”的过去时态形成了瞬间的鲜明对比，但在这句中文里加字，总嫌太啰唆或太重）。是美洲新世界的生活，令莱维托夫回望故乡，打捞和形塑了对欧洲的记忆。

另一方面，莱维托夫的非个人化原则表现出明确的建构性。她想要探讨更为普遍的、能够为每个个体所触摸的经验，而不是仅仅局限于作者自身的所见所感。不过，她仍然关注所有以第一人称所提取的材料，关注单独的个体如何存在和感知，因此与艾略特从诗歌传统和诗歌本体着眼的非个人化主张有所差异，也与伊丽莎白·毕肖普那种书写自然和历史的客观性语调截然不同。在莱维托夫笔下，我们可以找到每个人和“自我”的关系。这种关系精辟地反映在《不确定的梦》这首诗里，诗歌描写了“我”在梦中引导一位盲人穿过巨大博物馆的过程：“醒后，我仍在思索/我体内的这个他是谁，

而那个我 / 又是谁——和他一起走完这段长长的捷径，/ 穿过一个个房间，而他的盲症 / 让我对其中的美丽视而不见，仿佛它们 / 从未存在。”对此，我们既可以做宗教的解读——写作此诗时，莱维托夫已来到了人生的末尾，而她晚年才皈依天主教，皈依前的人生可以在信仰的意义上被看成盲目的；也可以排除宗教意味来理解——生命是这样的一种过程，直到临近终结，我们才意识到原本有可能发现更多的东西，并且此时是孤独地站着，与盲目和茫然的过去产生了异己般的疏远。

五

在二十世纪五六十年代的美国，不考虑女性主义诗歌的话题，几乎是不可能的。然而莱维托夫非常反对将她划归女性主义诗人的分类法。她多次强调，她首先是一个人，而非女人：“我不认为，我曾有任何一个审美判断是基于我的性别而做出的。”（《体裁与性别之于从事一门艺术》）作为一名政治意识和社会意识颇为激进的写作者，她也表示，如果解放和自由意味着贴上更多的标签（如女性主义），那么这并非她真正想要的自由。

莱维托夫观察到男性在自我认知方面所表现出的脆弱——这是男性不及女性之处，因此从来不会简单地将女性视为弱势的一方。她常常不是向另一个性别发出控诉，而是将审视的目光投向自我和女性本身："我们与冥府使者 / 淫荡地玩耍，乞求——然后 / 再也不谈起。还有我们的梦想，/ 我们怎样轻浮地将它们削薄，/ 像剪脚指甲，又铰断它们，/ 像铰断分叉的发梢。"（《虚伪的女人》）在她笔下，两性缔结的关系并不会只给女性带来困境，这种困境对于双方应是同等的。她仍然期待在性别间建立真正有活力的关系，并相信存在着更大的融合。《关于婚姻》这首诗里表明了对一种既定的、乏味的婚姻状态的厌倦：作者渴望的是不断发生在主体之间的"你和我"的相遇（中文难以表达"encounter"的性意味，"邂逅"一词则显得浅薄）。和莱维托夫其他的诗歌一样，尽管这首诗自然直接与诗人自己的经历有关，但她绝没有将这首诗的辐射缩减到仅仅指涉她个人情感的地步——也同样因为非个人化的信条，她对自白派诗歌并没有太高的评价。在她看来，自白派的表达方式无异于将诗歌等同于眼泪、呕吐物或排泄物，而这远离了诗的本意。

我不愿过多讨论莱维托夫那些有关爱情与性的诗。众所周知，对于一位足够强大和全面的女性诗人来说，书写这类题材实属本色当行。事实上，莱维托夫确实遇到过很多所谓的女性议题，例如未婚怀孕并堕胎，与丈夫之间的矛盾，以及在婚姻行将崩溃之时与多个情人的往来等。在莱维托夫的青春年代，她是以自己的姐姐奥尔加为反面教材来规训自己的：不可以像叛逆不羁的奥尔加那样，与有妇之夫私奔同居、生下孩子而又无力抚养、东躲西藏地度过一生。然而，随着年龄增长，她愈加感到，和姐姐相同的基因也存在于自己体内。尽管她的生活看似更为平稳，但莱维托夫的内心同样充满了纠缠、反叛，甚至沉沦的欲望。不过，她从来不希望让私人经验转移读者的注意力，或削弱她诗歌所具有的更强大的能量。

六

我多少有些羡慕莱维托夫的写作和生活。她的一生固然伴随着多重的压力，也不无濒临崩溃的时刻。但她在不放弃世俗的社会关系和家庭角色的情况下，依然能够保持创作的强度和水准，为我们奉献了厚厚的一本诗集，这是非常宝贵的礼物。莱维托夫将要提供给当代写作者的重要启示，不仅在于她精妙的诗艺，更在于她对于世界拥有清晰观念的能力和勇气：她不惧怕而且善于在诗歌中表达对于世界和生命的总体性看法，而且在她那里，一切细小的事物都与这种总体性的秩序有所关联。

噢，尝尝看

这世界
我们还未充分领受。
噢，尝尝看
地铁里的《圣经》广告这样说，
它是指上帝，指
一切将被想象
说出的东西，

悲伤，仁慈，语言，

橘子，天气，去

呼吸它们，咬，

品尝，咀嚼，吞咽，转化

化为我们的血肉我们的

死亡，穿过街道，李子，木梨，

生活在果园里，带着

饥饿，并摘下

那果子。

这是一首被频频提到的、能够代表莱维托夫风格的短诗。在诗中，诗人再次以直觉般的语言能力，向我们发出了魔性的召唤。第一句的原文是“The world is/ not with us enough.”只有在英文里，这句诗才能如此轻易、自然地显现它自身，在一两个最简单不过的介词和副词中释放它全部的冲击力。（这也是我遇到的为数不多的难以翻译的例子。）这句诗是对华兹华斯的诗句“the world is too much with us”的颠倒。莱维托夫认为，其实我们是对尘世了解得太少，而非太多，才会感觉到贫乏。阿多诺曾在《最低限度的道德》（*Minima*

Moralia）里谈到语言和伦理的问题：大部分人拒绝去悬置一切观点、不带成见地去理解，因而无法达到对词语真正的认识，他们只能够理解那些不需要理解的、已经固化的观念。如果写作者也使用这样用于交易的语言“货币”，则将是违背写作道德的。“悲伤，仁慈，语言，/ 橘子，天气”，莱维托夫这句的妙处在于，这些概念仅仅以孤立的单词的方式呈现，因而同时指涉了这些概念和它们的符号本身。作者希望我们品尝的不仅是这些事物，更是在流通中遭遇贬值的语言。我想，这也是所有诗歌写作者的冲动。在诗人眼中，词语的分量并不比现实经验更单薄；有时甚至恰恰相反：现实的世界显得虚伪造作，而词语缔造的“平行世界”反倒更为真实。